国家出版基金项目
NATIONAL PUBLICATION FOUNDATION

华北抗日根据地及解放区文艺大系

陈　晋　郑恩兵　主编

晋冀鲁豫《人民日报》文艺文献全编

诗歌卷

马春香　编

河北出版传媒集团
河北教育出版社

图书在版编目（CIP）数据

晋冀鲁豫《人民日报》文艺文献全编．诗歌卷 / 马春香编．-- 石家庄 ：河北教育出版社，2023.12
（华北抗日根据地及解放区文艺大系 / 陈晋，郑恩兵主编）
ISBN 978-7-5545-7680-9

Ⅰ．①晋… Ⅱ．①马… Ⅲ．①文艺－作品综合集－世界－现代②诗集－中国－现代 Ⅳ．①I11 ②I226

中国国家版本馆CIP数据核字(2023)第043807号

书　　名　晋冀鲁豫《人民日报》文艺文献全编·诗歌卷
JINJILUYU RENMIN RIBAO WENYI WENXIAN QUANBIAN SHIGE JUAN
编　　者　马春香

责任编辑　赵　菲
装帧设计　郝　旭
出　　版　河北出版传媒集团
河北教育出版社　http://www.hbep.com
（石家庄市联盟路705号，050061）
印　　制　石家庄众旺彩印有限公司
开　　本　787毫米×1092毫米　1/16
印　　张　20
字　　数　245千字
版　　次　2023年12月第1版
印　　次　2023年12月第1次印刷
书　　号　ISBN 978-7-5545-7680-9
定　　价　118.00元

丛书编委会

编纂说明

在中国共产党百年发展历程中，文艺始终是党领导人民开展进步事业的有机组成部分，是党在各个历史时期的中心工作的实时反映和重要推动力量。“华北抗日根据地及解放区文艺大系”，是一部全面展示抗日战争和解放战争时期华北地区党的历史创造、奋斗风采和形象建构的大型革命历史文艺文献丛书，对于深入研究华北地区革命文艺史、红色新闻史，弘扬伟大建党精神、梳理中国共产党人精神谱系，是必不可少的第一手资料，是我们在新时代坚定树立文化自信的重要思想资源。

一、编纂缘起

抗日战争及解放战争时期，华北地处各方政治与文化力量激烈博弈的前沿，这种特殊政治、军事、文化、地理环境中产生的革命文艺，具有鲜明的地域性特征，是五四新文化运动以来的革命文艺发展史上的突出标识。

但一直以来，由于史料文献整理不足，对华北抗日根据地及解放区文艺的研究，始终未能深入，其独特的地域性实践价值和蕴含的文化创新意义被严重遮蔽。这些史料文献主要以党报党刊的形式呈现，梳理汇编这些党报党刊中的革命文艺史料，借之以探索华北革命文艺的发展路径、发展方向、创造机制和创新经验，是深入贯彻习近平总书记关于“把红色资源利用好、把红色传统发扬好、把红色基因传承好”，“用好红色资源、赓续红色血脉”等系列重要讲话精神的有力举措，也是新时代文艺研究者不可推卸的责任。

2017 年 6 月左右，我们去中国社科院文学所拜访时任所长刘跃进先生，协商合作研究事宜，寻求中国社科院文学所的帮助。请教过程中，刘先生建议我们结合地方特色，做好地方红色文艺文献的搜集整理与编纂出版工作。经过一段时间筹备，2017 年底，我们以“河北红色经典系列丛书”为名，正式申报“2018 年度河北省省级宣传文化发展专项资金”项目并成功立项，旨在通过选定刊行河北红色经典作品、梳理汇编河北红色经典研究资料、系统阐述河北红色经典发展历史等基础性工作，打造一个集大成式的河北红色经典文献资料库。

项目最初设计共二十四卷，包括六大板块：《河北红色经典史》一卷、《河北红色文艺作品选》六卷、《河北红色经典作家作品索引》三卷、《河北红色经典研究资料汇编》四卷、《〈晋察冀日报〉副刊文学作品全编》六卷、《晋冀鲁豫抗日根据地文艺作品及〈新华日报〉太行版文艺作品汇编》四卷。但在项目实施过程中，我们充分吸收专家意见，认为网络时代和大数据背景下的科研活动有了很大变化，《河北红色经典作家作品索引》与《河北红色经典研究资料汇编》的编纂工作，在当前学术生态中价值不大，并予以取消。同时，在项目实施过程中我们发现，《晋察冀日报》《人民日报》等党报除刊发大量文艺作品外，还有大量记录边区文艺工作者行迹，反映边区戏剧、音乐、文学、美术、舞蹈、曲艺活动与报刊书籍出版发行等各方面情况的文艺史料，以及体现我党文艺方向、方针变化的政策文件与重要领导讲话，是华北地域党和人民对敌作战的重要宣传武器，更是飘扬在华北地区军民心中一面旗帜。这些史料是华北地域革命文艺发生、发展与壮大的真实记录，对我们正确认识革命文艺的特点与历史地位有重要的决定性作用。

为此，我们精心整理了《〈晋察冀日报〉文艺文献全编》《晋冀鲁豫〈人民日报〉文艺文献全编》《〈晋察冀画报〉文艺文献全编》《晋察冀日报社人物志》（共五十一卷），同时收入全国抗战时期和解放战争时期与河北地域相关且被广大群众所喜爱并广泛传唱的红色文艺作品，结集为《河北红色文艺作品选》（共六卷），至此形成丛书目前的五大板块，而且将名称由“河北红色经典系列丛书”改为“华北抗日根据地及解放区文艺大系”，方便以后在此基础上做进一步拓展。

二、地域范围及文艺特质

华北抗日根据地包括当时山东、河北、山西、察哈尔、绥远、热河全部及豫北、苏北、皖北部分地区，分晋绥、晋察冀、晋冀豫、冀鲁豫、山东五大块。1941 年，冀鲁豫合并到晋冀豫，称晋冀鲁豫。其中晋察冀抗日根据地作为开辟最早、地域最大、人口最众的模范抗日根据地，是华北抗日根据地的坚强堡垒，牵制和抗击了三分之一以上的华北日军和二分之一的伪军。

在河北及其邻省周边地区开辟与创建华北抗日根据地，是红军长征到达陕北之后党中央迅速做出的重大战略决策。这些根据地地处对日武装斗争最前线，不仅打开了抗战的新局面，成为华北敌后抗战的主战场，而且进行了新民主主义社会的实践探索，对解放战争的历史进程产生了巨大影响，成为我党开辟东北解放区的前进基地和逐鹿中原的战略后方。随着抗日根据地的开辟，延安文艺工作团、西北战地服务团、东北促进纵队干部队、八路军总政治部前线记者团等大批文艺工作者，随同党政干部一道陆续抵达华北，东北、平津的青年学生也纷纷冒着生命危险来到边区。他们一手拿枪，一手拿笔，深入农村与抗战前线，切身体会工农兵的生活，深刻了解工农兵的需求，从而根本上克服了艺术至上主义思想倾向。所以，华北抗日根据地及解放区文艺，既响应了伟大的民族抗战对文学艺术提出的时代要求，亦充分兼顾到广大人民群众的接受习惯和欣赏水平，真实地反映了华北人民火热的战斗与生产生活。很多作者本身就是农民、战士或基层工作者，他们把自己的经历和熟悉的人和事，通过小说、戏剧、诗歌、报告文学、歌曲、绘画、舞蹈等文艺样式记录下来，语言通俗平实，富有生活气息。由于产生于特定时代、特定区域而又适应特定需要，故而无论是题材、语言还是风格，在体现革命大众文艺共性的同时，又具有强烈的华北地域特性。

华北抗日根据地及解放区文艺的繁荣发展，是专业文艺工作者与工农兵群众共同创造的结果。人民群众不仅是革命文艺运动的主导主体、推进主体、受益主体，还是一切成败得失的评判主体。华北抗日根据地及解放区文艺，归根结底，是“以人民为中心”的文艺。

三、学术价值

今天的河北在抗日战争、解放战争时期是晋察冀、晋冀鲁豫两大根据地的中心区域，有着悠久的革命历史传统和丰厚的红色文化底蕴。据不完全统计，抗日战争和解放战争期间，仅晋察冀边区专区以上就办有报刊四百余种，编印图书五百余万册。如果将这种统计扩大到环绕河北的整个华北抗日根据地及解放区，时间扩展至从中国共产党成立到中华人民共和国成立，数据更为可观。这些红色图书、报刊的出版发行，团结了一大批来自全国各地的著名革命文艺家和专业文艺工作者，其中有大量文艺相关信息，是研究近现代中国革命文艺的重要史料。但因受当时物质条件及复杂局势影响，它们传播范围有限，保存困难，如今已普遍出现老化或损毁现象，面临着消失、断层的危险。

长期以来，由于对抢救、整理和利用红色文艺文献的意义认识不足，现行的科研评价、出版机制亦难以有效刺激科研工作者积极从事老旧报刊等红色文艺文献的系统整理，大量有待整理的红色文艺文献尚未进入学界的视野。特别是华北抗日根据地及解放区的文艺文献，有很多甚至还是学术盲区。如《冀中导报》《救国报》《边政导报》《冀南日报》《团结报》《前进报》《新察哈尔报》《冀热察导报》等各类党报，以及《冀热辽画报》《冀中画报》《北方文化》《五十年代》《新长城》《新群众》《诗建设》《诗战线》等期刊，虽有部分学者对其办报（刊）历程、思想以及传播等方面予以研究，但均无系统的文艺文献整理本。“华北抗日根据地及解放区文艺大系”整理的《晋察冀日报》、晋冀鲁豫《人民日报》、《晋察冀画报》，是当时华北抗日根据地及解放区党报党刊的典型代表，是党的理论和实践同文艺结合的主要媒介和载体，是华北革命文艺重要的传播平台。这些报刊，既客观记录了华北革命文艺的传播与发展，也完整展现了华北革命文艺的特殊使命与风格特征，具有极其重要的史料价值。在此基础上，我们还会将视角延伸到《晋绥日报》《新华日报·太行版》《新华日报·太岳版》等党报，不断地充实这套大型文献史料丛书，以此来系统建构华北抗日根据地及解放区的“文艺史料学”。

四、丛书特色

这套丛书的编纂，主要以抗日战争及解放战争期间华北境内各根据地、解放区出版、发行、制作之图书、期刊、报纸等红色文献中的文艺资料为内容。编纂特色主要包括：

（一）抢救珍贵历史文献，弘扬伟大建党精神。

华北抗日根据地及解放区的红色文献发行于条件艰苦的战争年代，数量少，印制质量粗糙，历经岁月的洗礼，留存下来的品相完好者已经很少，有些到今天已成孤本。这些文献作为特定历史时期和区域的产物，见证了中国共产党领导华北人民争取民族独立和人民解放的伟大历程，反映了华北近代社会的巨大变化，蕴含着珍贵的史料价值和鉴往知来的现实意义，是中国共产党领导的文艺事业、新闻出版事业与意识形态建设发展的历史见证。它们诠释了党的初心和使命，蕴含着坚定的理想信念与崇高的革命精神，到今天仍然具有强大的感染力与说服力，是陶冶情操、磨炼意志，走好新时代长征路的有效精神资源。抢救性搜集、整理与研究这些珍贵历史文献，有利于增强党政干部政治信仰，弘扬伟大建党精神和践行社会主义核心价值观。

（二）文艺与党史密切融合，拓展革命文艺与党史研究的新视野。

革命文艺作品的创作、发表和传播，和党的历史任务和奋斗实践是分不开的。在艰苦卓绝的革命岁月，奋斗前行的中国共产党始终强调，既要拿“枪杆子”，也要拿“笔杆子”。革命的文艺工作者，一手拿枪，一手拿笔，深入农村与抗战前线，以人民大众易于接受和欣赏的形式，宣传党的政策，推行党的方针，为中国共产党顺利完成不同历史阶段的中心任务和伟大使命发挥了独特而重要的作用。本套丛书收入的文献史料，主要是抗日战争与解放战争时期党报党刊中的文艺作品与文艺史料，它们鲜明生动地体现了党的历史，党领导人民争取民族独立、人民解放的奋斗历程和精神面貌，从而为学界从文艺角度研究党史和从党史角度研究文艺提供了有力支撑。

（三）作品汇编与史料梳理并行，还原革命文艺的历史场域。

“华北抗日根据地及解放区文艺大系”的编纂，全面辑录华北抗日根据地及解放区党报党刊上刊登的诗歌、小说、戏剧、报告文学、散文、歌曲、版画等文艺作品，并系统梳理当时文艺发生、发展、传播以及社会各界文艺活动的各类消息和报导，同时选编了大量的河北红色文艺作品作为补充。这种文艺史料与文艺作品的配合整理，还原了革命文艺的历史场域，有利于构建对革命文艺的科学认识。

五、丛书内容

（一）《〈晋察冀日报〉文艺文献全编》共三十八卷：

诗歌三卷

戏剧一卷

小说二卷

文艺评论三卷

文艺史料九卷

外国文艺二卷

散文报告文学十七卷

歌曲版画一卷

（二）《晋冀鲁豫〈人民日报〉文艺文献全编》共十一卷：

诗歌一卷

戏剧、小说、文艺评论一卷

散文报告文学五卷

文艺史料四卷

(三)《〈晋察冀画报〉文艺文献全编》一卷

(四)《晋察冀日报社人物志》一卷

(五)《河北红色文艺作品选》共六卷：

诗歌一卷

戏剧一卷

散文一卷

小说三卷

六、编纂体例

(一) 整套丛书题材丰富、门类众多，在体裁上不做强行统一。

(二) 丛书中所录作品均为当年报刊发表的原文。为确保丛书的文献性、学术性、专业性和资料性，丛书编辑加工的总原则为保持文献原貌，内容上不做改动。

(三) 文字的使用

1. 丛书中文字的使用以2013年教育部、国家语言文字工作委员会公布的《通用规范汉字表》为准。

2. 丛书中的古体字、通假字、俗体字，以及所涉及姓名字号、职官地理等专用字，均予保留。

3. 丛书原文字迹模糊残损，但仍可辨认或可依上下文校正，以字外加方框“□”表示；原文缺字或无法辨识，且无法校补，每字以一个方框“□”表示；如无法统计所缺字数，则以“▨”表示。

4. 丛书中数字的使用，保持原貌。

（四）标点符号及其他符号的使用

1. 丛书在不改变原文意义的情况下，将旧式标点改作现行标点符号。

2. 丛书原文中出现代表文字的符号，如“×”“△”“○”“▲”等，保持原貌。

3. 丛书原文中的着重号、专名号等不再保留。

（五）其他

1. 丛书原文中的注释，保持原貌；编者亦出部分注释，供读者参考。

2. 因为原始文献本身产生于战争年代，保存不易，漫漶不清处较多，丛书疏误之处在所难免，希望专家读者批评指正。

七、鸣谢

本套丛书得以顺利面世，要特别感谢中共河北省委宣传部、河北省社会科学院、河北教育出版社的资金支持，以及北京大学陈平原教授、中国社科院文学所刘跃进研究员、南开大学文学院李扬教授、河北师范大学文学院王长华教授等，为丛书编纂提供了多方面的学术支撑；晋察冀日报社老报人及报史研究会诸位老师，中国社科院文学所现代室、中国丁玲研究会、中国现代文学馆各位专家，也在丛书编纂过程中提出了许多建设性意见；院内外的数十位年轻科研工作者，在原文录入和校对方面付出了艰辛劳动，确保了项目的顺利进行。在此一并致谢。

把艺术交给大众（代序）

——祝贺“华北抗日根据地及解放区文艺大系”结集问世

中国社会科学院　刘跃进

由河北省社会科学院文学研究所编纂、河北教育出版社出版的“华北抗日根据地及解放区文艺大系”结集问世，值得庆贺。

文艺是时代前进的号角。1937 年 7 月 7 日，卢沟桥事变爆发，全面抗战由此而起。广大的爱国知识分子和青年学生，表现出同仇敌忾的民族气节，走出书斋，走出校园，用知识，用智慧，用不屈的精神力量唤醒民众，用实际行动担负起抗日救亡的历史重任。在此后的岁月里，延安文艺和华北抗日根据地及解放区文艺，是中国共产党领导下的两大主体，双峰并峙，展示着那个时代的风貌，引领了那个时代的风气。

随着抗日根据地的开辟，延安文艺工作团、西北战地服务团、东北促进纵队干部队、八路军总政治部前线记者团等大批文艺工作者，随同党政干部一道陆续抵达华北，东北、平津的青年学生也纷纷冒着生命危险来到边区。他们一方面积极创作大量街头剧、活报剧、街头诗、墙头小说、木刻版画、歌曲、舞蹈等革命文艺，开展抗日救亡宣传运动；一方面也通过开办文艺干训班，开展各行业、各阶层甚至全民的文艺创作与评选活动，吸引工农兵群众加入文艺队伍，掀起了“晋察冀一周”“冀中一日”等具有深化性质的群众写作运动，以及“创造模范村剧团”“穷人乐”等群众戏剧运动，为晋察冀文艺史添上了浓墨重彩的一笔。

说到这里，我想起2009年参加《北平学生移动剧团团体日记》捐赠仪式的一段往事。从1937年到1938年，在中国抗战史上唯一以大学生组成的“北平学生移动剧团”在长达一年半的时间里，历尽艰难，转辗于国民党第五战区的各个战场，演出话剧，创办报纸，宣传抗日，鼓舞斗志，谱写出响彻云霄的时代赞歌。移动剧团的成员每人一周轮流记述，用日记形式记录了那段不平凡的岁月，《北平学生移动剧团团体日记》就是这部历史的记录。它不是写给个人看的私密记录，也不是为将来面世扬名。作者完全出于一种历史责任，真实客观地记录了那段鲜为人知的历史，体现出强烈的史家意识。日记封面上有这样一段题记，“北平学生移动剧团·愿我永恒·中华民国二十七年二月二十三日始·璧华”。孤立地看这部日记，也许没有什么轰轰烈烈的战斗业绩，也没有什么感人肺腑的情感纠结。客观、平实是它的本色，正是这种本色，为那个历史年代留下一段真实。“北平学生移动剧团”的抗日活动，是文艺工作者投身抗日洪流中的一个历史缩影。

随着抗战的胜利，察哈尔省会张家口解放，晋察冀文协、晋察冀剧协、晋察冀音协、晋察冀美协、晋察冀通讯社、晋察冀边区剧社、晋察冀日报社、晋察冀画报社等文化团体随中共晋察冀中央局和军区领导先后开赴华北根据地，一大批文艺工作者也随之来到华北，开展丰富多彩的文艺活动。他们坚持毛泽东《在延安文艺座谈会上的讲话》中指出的方向，一手拿枪，一手拿笔，深入农村与抗战前线，既为切身体会工农兵的生活，也为深刻了解工农兵的需求，从而在根本上克服了自身相当普遍和严重的艺术至上主义思想倾向，为工农兵而创作，为工农兵所利用，以人民大众易于接受和欣赏的形式，普遍写人民大众的生产战斗故事。譬如左翼作家邵子南，于 1938 年 10 月随西战团到晋察冀，主持战地社日常工作，主编《诗建设》；1943 年整风运动后，他到阜平任小学教员，在反“扫荡”中与群众、民兵一起转移、战斗，还直接在五丈湾跟随李勇的游击组对日寇展开地雷战；1944 年 5 月随团回延安，在鲁艺任教，后调陕甘宁文协搞专业创作，开始大量创作反映晋察冀边区生活的小说。他以亲身体验为基础创作的短篇小说《李勇大摆地雷阵》（后改为《地雷阵》），运用阜平农民群众的语言，以口语化方式讲述了爆炸英雄李勇的抗日故事，明显吸取了民间说唱文学的优点，特别是在白话叙述中还插入不少快板式的韵白，更适合群众的喜好，因而在当时广为流传，家喻户晓，起到了很大的宣传鼓动作用。其他作品，如《荷花淀》《太阳照在桑干河上》《漳河水》《赶车传》《王九诉苦》《孟祥英翻身》《新儿女英雄传》《白求恩大夫》《我的两家房东》《穷人乐》《李殿冰》《戎冠秀》《没有共产党就没有中国》《团结就是力量》《没有土地的人们》《白毛女》等，都是成功的文艺典范，在现代中国文学史上占据比较重要的位置。

在华北抗日根据地及解放区的文艺创作成果中，还有数以万计的文艺作品和极具研究价值的文艺史料刊发在根据地及解放区所办的报刊上。很多作者，本身就是农民、战士或基层工作者。他们把自己的经历和熟悉的人和事，通过小说、戏剧、诗歌、报告文学、歌曲、绘画、舞蹈等文艺样式记录下来，语言通俗，富有生活气息。人民既是历史的创造者，也是历史的见证者；既是历史的“剧中人”，也是历史的“剧作者”。让故事中的人物自己编词、自己表演的创作方式，很好地反映出人民的心声，并让人民群众从生动活泼的艺术作品中得到教育，这确实是一个成功的尝试。

配合党的中心工作，“把艺术交给大众”，通过文艺唤醒大众，这已成为华北文艺工作者的自觉意识。他们积极响应伟大的民族抗战对文学艺术提出的时代要求，充分兼顾到广大人民群众的接受习惯和欣赏水平，创作了大量的作品，真实地反映了燕赵儿女火热的战斗与生产生活，起到了良好的宣传教育与鼓动激励效果。刘萧无编排新闻报道剧《李殿冰》，编剧与演员一起住到李殿冰家里，以便于熟悉主人公的生活，搜集真实生动的群众语言，还模仿他们的动作，理解他们的心理，甚至还让主人公李殿冰等直接参与剧本的修改和编排。描写群众的生活，邀请群众参与创作，这是当时文艺工作者走群众路线的生动体现。该剧演出后获得当地老百姓的极大赞赏，鲁中实验剧团还专门学习该剧的创作方法，创编了三幕五场话剧《过关》。艾思奇《前方文艺运动的新范例》更是誉其开创了前方文艺的新范例。抗敌剧社的《王老三减租小唱》、冀中火线剧社的话剧《我们的母亲》，也都具有这种特色。

这些文艺作品，可能略显仓促，有的甚至急就于战火中，所以在素材提炼、人物形象塑造以及语言的使用、细节的刻画等方面还有很多不足。但是，这不是一般意义上的创作，而是燕赵大地为争取民族独立、人民解放的集体记忆和行动号角，是中国革命事业的重要组成部分。华北抗日根据地及解放区的文艺，有很多这样未经沉淀的纪实作品，不管其艺术性如何，但在发动群众、组织群众、铸就抗击日寇和国民党反动派铜墙铁壁方面，发挥了无可替代的作用。20 世纪五六十年代，河北地区涌现出大量的红色经典，便是华北抗日根据地及解放区文艺的传承和发展。

2017 年 6 月，河北省社科院文学所郑恩兵所长来京与我们协商合作研究事宜。我根据所了解的信息，建议他们结合地方特色，做好地方红色文艺文献的搜集整理与编纂出版工作。“华北抗日根据地及解放区文艺大系”就是那次商讨的成果。全书由五个部分组成：第一部分为《晋察冀日报》文艺文献全编，第二部分为晋冀鲁豫《人民日报》文艺文献全编，第三部分为《晋察冀画报》文艺文献全编，第四部分为晋察冀日报社人物志，第五部分为河北红色文艺作品选。全书收录各种文体的作品六千余种，包括小说、诗歌、文艺评论、戏剧、报告文学、散文、文艺通讯、美术、书法和音乐、文艺史料，还有文艺信息、文艺广告，基本涵盖了华北抗日根据地及解放区的文艺创作情况，具有很高的研究价值。

时值中华人民共和国成立七十五周年之际，我们有机会阅读这部皇皇五十余册的“华北抗日根据地及解放区文艺大系”，更加深切地感受到新中国的建立真是来之不易，她是无数条战线的可歌可泣的人们不懈奋斗的结果。在这样一个特殊的日子里，我们感念当年那些有名无名的作者，感谢参与整理工作的学者，当然，更要感激我们这个伟大的时代。

目录

望子速归

刘王立明

三四年前，
为了家仇国恨，
在参议会里，
曾建议征用知识青年，
一面以身作则命二子从军——
小的投成都中央军校，
大的入陆军机械化学校于滇南双江镇。

去年毕业了一个，敌人业已投降，
然军规森严，仍旧是奉命长征?!
前程万里，去与死亡搏斗，
一阵心寒，别时禁不住全家热泪抛滚。

霎时即抵万里长城，
关外满处冰雪冷气逼人，
四周逼人民为敌，
一片厮杀之声！

打虎山上，
家书被扣，
游子思亲，
想不到胜利后尚有这样的怪行！

千百万母亲思子成疾，
东北更需要和平、安定！
望儿速归重相逢！

（《人民日报》1946年6月13日）

歌 谣 四 则

村野

一边哭

上海官僚通宵舞，
湖南灾民同跳河；
同在大中华民国，
一边欢乐一边哭。

好招牌

仓库麦子回了芽，
百姓饿死在四野。
民生两字好招牌，
狗腿权作羊肉卖。

不分明

君子一言就算定，
小人文书不作证；
明里开放暗里禁，
诺言两字不分明。

独家享

今天这里打一场，
明天那里搜查忙；

别家报馆打个光，

言论自由独家享。

（录自四月廿一日《时代日报·星空》）

（《人民日报》1946年6月20日）

发票贴在印花上

马凡陀

发票贴在印花上，（注一）
蔻丹拓在脚趾上，
水兵出巡马路上，
吉普开到人身上。
黄浦水到阶沿上，（注二）
房子造在金条上，
工厂死在接收上，
鸟窠做在烟囱上。
演的好戏我来看，
重税派在你头上，
学生募捐读书钱，（注三）
教师罢工课不上。
仓库皮子一把火，
仓库馅子没去向，
廉耻挂在高楼上，（注四）
是非扔进大茅坑。
民主涂在嘴巴上，
自由附在条件上，
议案协定归了档，
文章写在水面上。
米粮落入黑市场，
面粉救济黄牛党，（注五）
财政躺在发行上，
发行发到天文上。

上海跳舞中国饿，
十九个省份都闹荒，（注六）
收购军米免征粮，
树皮草根啃个光。
百姓滚在钉板上，
汉奸坐牢带铜床，
曲线软性是救国，
地上地下往来忙。
南京复员拆蓬户，
广州迎驾砖砌窗，
力气使在市容上，
四强之一叮叮当。

一九四六年四月十一日

（注一）这是报上所载新闻标题，因为印花税贴得很多，好像不是发票上贴印花，倒是印花上贴发票了。

（注二）上海马路一雨成河。

（注三）沪市学生街头募助学金。

（注四）上海国际饭店高楼上挂“礼义廉耻”四字。

（注五）“联总”运华救济之粮食，报载有此种情形。

（注六）“联总”统计。

（录自四月十五日南京《新民报晚刊》）

（《人民日报》1946 年 6 月 21 日）

石塘区农民血泪之歌

力生

这次我们在石塘区了解工作中，发现了很多农民诗歌的素材，未成形的诗的谐韵句。这些诗的内容都是反映受封建地主压迫剥削农民的血泪故事，暴露出刘圩地主（有一当汉奸的地主）多少年来对农民的暴行。请看以下：

种了刘家田，
夫妻不团圆，
伢子也卖掉，
落得去讨饭。

故事出自王草庵，有个佃户叫贾福友，种刘家田；租太重，交不起，又借了刘家高利贷（春三夏一秋二冬一五），把仅有二亩田滚给了刘家；三间草房也被拆掉，最后妻子被逼改嫁，儿子也卖了；弄得他最后讨饭。农民们把这故事编为歌谣：

听到刘家叫换揽，
大人哭，
孩子喊。

换揽是佃户的地主主人将田转手时（或借口其他故事）要进行一下换揽的手续。换一次揽，佃户要花一回钱请客等。这是很重的额外敲诈性剥削，佃户们一听到换揽，特别是刘家来换揽，真是怕得很。

鸡鱼面筋蛋，
雷打都不散！

鸡鱼面筋蛋，
收租千千万；
没蛋不吃饭，
桌子往外掼！

在每年地主下乡看租时候，佃户必须八大样酒饭招待，鸡鸭鱼肉少不了，吃鸭一定要肥鸭子，而且一定三斤半重，半边鸭子不吃，佃户在杀鸭之前端在地主面前称了，地主点头后，才敢拿去杀。酒饭吃得不好摔碗掼桌子。

朝刘圩一走，
腿肚子发抖；
上去狗咬一口，
大斛又是大斗。

农民到刘圩地主家去有两怕：一是怕连窝恶狗，更怕大斛大斗。通常此地斗十五斤，刘家特制斗是二十斤，每年交租，农民受的损失太大了，所以农民一朝刘圩走时，腿肚子吓得发抖的。

还有很多地主压迫农民的悲惨故事尚未形成诗歌，我先把故事简单介绍一下然后试编为诗。

以前有个放鸭子的老杨三，他放的鸭子跑到了刘家稻田里，刘家大人说杨三的鸭子吃他稻了，便把鸭子拦到圩门里去，里面恶狗很多，老杨三跪在圩门外叩头哀求一天，刘大人丝毫不睬，于是老杨三没办法，他便在水车棚子里上吊死了，刘家花一吊二百钱了事。

老杨三，放鸭子，
鸭子赶到刘家田，
刘大人，心不端，
强说鸭子吃稻田；

拦走鸭子圩门关，

圩门外老杨三，

跪着碰头求一天。

刘大人全不理，

杨三无奈哭涟涟，

车棚上吊一命完。

此地每年栽秧，多是靠妇女，而妇女来栽秧时，也常带着小孩子来，小孩子丢家不放心，可是在刘家栽秧，不准带小孩子来的，一来怕小孩吃白饭，二怕耽误栽秧。有一年一个来到刘家栽秧的妇女，把孩子带了来，正在栽秧中间，这孩子失足落水，小孩子妈急着要去捞救，刘家地主不许，刘家还熊她，谁叫你带孩子来？就是淹死了给你钱，也不能开带伢子来的例。活生生的孩子，就这么淹死了！一吊二百钱可以花，带孩子来栽秧的例在刘家是不能开的。

栽了刘家秧，

孩子命不长；

带伢去栽秧，

秧田不能放。

伢子落下水，

刘家打娘腿；

娘在岸上哭，

伢子命呜呼。

刘家收租时候，除了用特制的大斗大斛收以外，还不许粮食里有土，要用风车来扬，自然空谷子和土都扬净而外，难免有小土粒子，这时要佃户跪在地捡干净；佃户在主人七弄八弄之下，往往带去粮食总是不够头，不够头便不行，骂还小事，或者关在家里的土牢里。要是交租还余一些，也别想带回家去。

去缴刘家租，
胆战心又酥；
大斛大斗还不算，
风车簸后跪地捡。
多了归刘家，
少了自己补；
租子欠下缴不上，
土牢里头去受苦！

刘家在四乡是广放高利贷的，利息是很重，最普遍的是什么“春三夏一秋二冬一五”按季计息，春季三个月，利息是百分之三十，夏季百分之十，余类推，到时还不清，利变本继续滚下去，两年一滚，农民产田房屋便滚光了。地主要账是很有办法，欠三两个钱不还便把农民的碗拿走，出门便掼了，再多些，把铜勺拿走，再多些把锅提走，刘家在掼碗提锅时说，“我不能不拿你家的东西走，这例子是不能开的，不然别家的账就不好要了”。

借了刘家钱，
田地都滚完；
春三夏一秋二冬一五，
吃人利贷要命赛老虎！
要是利钱不能还，
提走锅勺把碗掼；
他还说：
“不掼碗，
要账怎能还？”

关于刘圩地主剥削农民的恶行太多了，逼死的人命也太多了，一时也说不清。

（转载《华中新华报》）

（《人民日报》1946 年 7 月 5 日）

人民歌颂毛泽东

贺敬之 辑

解放区的人民，普遍地在歌颂着自己的伟大的领袖毛泽东，这歌声发自广大人民的口中，真诚而亲切。他们歌唱因为有了毛泽东的领导，而取得了胜利的无上欢欣。

这里所选的是陕甘宁边区的老百姓歌唱毛泽东几首优秀的歌，这仅是大海中之一滴。无数人民无时不在歌唱着毛泽东，在群众的会议上，在道路上，在庄稼地里，在秧歌队中……这歌声在到处飞扬，而且随时有新的产生。这里只是根据现有的材料及个人的记忆选出一些，介绍给读者。

一

二月里来刮春风，
江西上来个毛泽东，
毛泽东来势力重，
他坐上飞机在空中，
后带百万兵。

二

全国动刀兵，
一齐来出征，
一杆大旗飘扬在空中，
威风凛凛是哪个：
朱德、毛泽东。

以上两首产生于一九三六年，“全国动刀兵，一齐来出征”系指当时抗日运动。朱德、毛泽东是这运动的旗手与先锋。第一首是著名的革命民歌《刘志丹》中的一段。

三

咱们劳动英雄来开会，
看了生产展览品，
延安的头一景。
咱们毛主席号召——
蟠龙卧虎高山顶；
万丈高楼从地起。
咱们劳动英雄回家，
个个心里喜。
咱们毛主席比如一个太阳，
比如东海上来一盆花，
照到咱们边区人民是一家；
比如空中过来一块金，
边区人民瞅到一条心。

以上这两段不是写出的，而是口述的。作者是劳动英雄孙万福，曲子县人，六十余岁，现已故。一九四三年参加陕甘宁边区劳动英雄大会时，在毛主席接见他们十七位劳动英雄的会上，这位老英雄从椅子上站起来走近毛主席，两手紧紧地抱着毛主席的肩膀，沾着口沫的胡须在颤动着说：“大翻身哪！有了吃，有了穿，账也还了，地也赎了，牛羊也有了，这都是你给的，没有你，我们这些穷汉趴在地下一辈子也站不起来！”他热情地爱戴与歌唱毛泽东，把毛泽东比作“万丈高楼”，同时把人民的领袖与人民的正确关系说出：“万丈高楼从地起。”

四

东方红，太阳升，
中国出了个毛泽东，
他给人民谋生存，
他是人民大救星。

边区红，边区红，
边区地方没穷人，
有些穷人选移民，
挖断穷根要翻身。

三山低，五岳高，
毛主席治国有勋劳，
边区办得呱呱叫，
老百姓颂唐尧。
生产变工搞得好，
边区地方没强盗，
夜不闭户狗不咬，
毛、朱同志有功劳。

以上这几段是很有名的歌，第一段“东方红，太阳升”曾流行陕甘宁、晋绥及张家口等地。为葭县城关区三乡农民李增正及其叔李有源合作，他叔侄两人为葭县有名歌手。歌中所指

“移民”为一九四三年陕甘宁边区政府号召边区北部贫民移往南部开荒生产过好光景，因为北部地少人多，南部则荒地多人口少。

五

万里长城毛泽东，
朱德担任总司令，
抗战有功是贺龙，
周恩来外交是第一名。

人民领袖毛泽东，
咱们边区最光荣，
生产教育多加工，
两大任务要完成。

作者为任履学，米脂桃镇人，小商人。他把毛泽东比作“万里长城”，照他自己的解释，为：“长城保护了中原地面，毛泽东保护了我们老百姓。”歌中所指“生产”“教育”为一九四三年陕甘宁边区政府提出的两大任务。

六

边区人民要一心，
古树开花耀山红，
千年的古树盘了根，
开花结子靠山稳。

延安府里地气宽，
八路军占了米粮川，
毛主席领导老百姓，
丰衣足食不困难。

作者巩维忠，米脂杨家沟人，农民。对于他的歌，他自己这样解释："古树开花"是说"老百姓翻身，好比古树也开了花一样"；"靠山稳"是说"老百姓今天有了靠山，这架山就是毛主席，有了毛主席做靠山，老百姓就站得稳稳价"。

七

正月里闹元宵，
金匾绣成了，
金匾绣咱毛主席，
领导的主意高。

一绣毛主席，
人民的福气，
你一心爱我们，
我们拥护你！

作者为汪庭有，关中分区人，木匠，一九四四年当选为边区文教英雄。这是他的名作《十绣金匾》中的两段。

（《人民日报》1946年7月13日）

索 性 歌

任钧

索性请洋人出来当家，
据说“老番”的能力都比国人强。
索性把内河口岸都开放，
不平等条约万寿无疆。
索性把衙门搬到白宫旁，
请示晋谒都便当。
索性请洋人过来开设兵工厂，
省得打内战的飞机大炮用船装。
索性把国语方言都禁用，
满口“How are you”多漂亮？
索性把奶粉蜜橘当饭吃，
营养又好价又强。
索性把大批吉普小姐派遣去留洋，
回来生下许多小宝宝又白又胖，
还有那蓝眼睛高鼻梁。
“OK！”真正跟洋娃娃一模一样！
“OK！”真正跟洋囡囡一模一样！

（沪，《诗歌与音乐》第1期）

（《人民日报》1946年7月15日）

一个三青团员的日记

王兴俊

在安阳倪辛庄拾得一个三青团员的日记，其中有小诗数首，很可以作为国民党反动派的自画像，兹摘录以飨读者：

一

“三民”成“散民”，“协商”成“血商”，
萁豆何相残，骨肉复被创。

二

吹牛拍马，官升财发，
埋头苦干，撤职查办。

三

左手持香，右手持枪，
见坏人烧香，见好人打枪。

四

腰里掖着斧，背上背着筐，
得骗就骗，得诳就诳。

（《人民日报》1946年7月16日）

减　租　谣

皇甫束玉①

脚踏人家地，头顶人家天，
佃户千千万，辈辈受熬煎，
耕种又收割，四季忙不完，
粮食刚进囤，车马到门前，
地主提大□，收租把眼翻。

★★★★★★

簸箕簸，扇车扇，
交了租，粮食完，
泥里水里干一年，
黄米颗颗不见面。

★★★★★★

地主庄上好清闲，
赌罢钱来□大烟，
吃酒肉，穿绸缎，
吃穿那儿□，
都是佃户的血和汗。

★★★★★★

自从来了共产党，
佃户生活得改善，
种地的团结一股劲，

---

① 《人民日报》原文无署名，据 1991 年高等教育出版社《束玉吟草》第 128 页补。

减租斗争大开展。
到如今，吃得饱，穿得暖，
组织互助搞生产，
感谢共产党，
领导佃户把身翻。

（《人民日报》1946年7月17日）

读张学良近作

田汉

客有从息烽来者，带来张将军近作新诗两首，真纯可喜。将军被羁盖十年矣，各方呼吁释放政治犯，将军甚至未被归入政治犯之列。而谓以“家法”处之，十年以来监视将军一家及其左右者闻达百余人。将军以钓鱼种□为其日常功课，晚间在菜油□下读书精进，亦以此损害其目力，壮年之身御老光镜。将军之兵谏实为神圣抗战之直接推动力。今抗战胜利而东北内战不已，杀人盈野，将军羁系息烽无以为力，其为感慨何如也！

某公近从息烽过，带来将□消息多：挑灯辛勤读《史记》，下□辄复□□歌。使对①学圃岂得已，子牙垂纶悲蹉跎。独疑胜利复员日，长系壮士将如何？

（《人民日报》1946 年 7 月 22 日）

① 《田汉文集》第 12 卷录有此文，作“使君”。

口外民谣

浴岩

汤二虎

汤二虎，（注）
白眼狼，
蹲在省政府，
光会要钱粮，
日本进了热河境，
他向南退却跑得慌。
一退退到了长城里，
黎民百姓泪汪汪，
仰对苍天高声骂，
汤二虎没有人心肠。
国民党哪管百姓苦，
当官就为征草粮，
二虎大肚坠，
百姓饥断肠，
一年大旱浇黄土，
秋后只落两把糠，
多少百姓死路旁！

（注）汤二虎是国民党热河省主席。

大 路 长

一条大路长又长，
皮车轮儿滚滚转，
蛇□铜铃响叮当，
千车粮食千车布，
千车募来的棉衣裳，
问车儿要到哪儿去！
口外百姓有饥荒，
千里鹅毛礼义重，
表表解放区百姓好心肠。
万水千山路途远，
天涯兄弟心一样，
你若问这是谁的话，
毛主席朱总司令好主张。

（《人民日报》1946年7月22日）

内战饥荒感怀

何香凝

八载逃亡胜利回
内战传闻增愤激
不堪回首十三年
泉下有灵应叹息
胜利街头饿殍尸
三民主义今非昔
中华遍地饥饿声
污吏贪官民怨极
经济侵凌祸怎销
频年借债如山积
金钱变作炮弹灰
到处肥田生荆棘
可怜十室九家空
民贫财尽饥寒逼
谋生无路去投军
愿为司令当执役
无情炮弹一声鸣
丧尽生灵千万亿
兄弟阋墙可奈何
遍地同胞鲜血迹
遥闻少妇泣闺中
望子思夫长叹息

不知已上断头台
梦魂相会各音哀
留言后辈青年者
我等雄心且莫灰
天生我材必有用
今天死了再胚胎
前者牺牲后者继
此后无穷烈士来
花开花落年年在
血冢黄花几度开

（《人民日报》1946 年 7 月 30 日）

巩县民谣

杨泽生

黄河水，长又长，南北两岸不一样，南边（顽占区）似地狱，北边（解放区）似天堂。

提起天堂好，人人喜洋洋，军民如一家，鱼水两相帮。四月天，大麦黄，军民合作去收粮，帮割帮打帮助藏，做活不扰点水汤。人活百岁经不遍，没见过这样军队好心肠！

提起地狱苦，叫人痛断肠！森罗殿设在办公处，保长就是活阎王，判官小鬼一大群，手执刀枪捉鬼魂（保公所拿人的意思）；麦未熟，就要光，没有粮食火柱烫。辛苦血汗整一年，打下粮食吃不上！

或是死，或是生，生死当下不平常（不能等待了）。想要死，上悬梁，早些免得受凄凉；想要活，往北方，渡过黄河上天堂！

（《人民日报》1946年8月5日）

狼

——是谁绞杀人民的和平

柯岗

春天，
沁河边上的麦苗嫩绿，
沁河边上的菜花金黄。

蓝妞——沁河边上的姑娘，
她打扮得就像花朵样：
粉红裤子，浅蓝衣裳，
提着小竹篮，伴着白发娘。
她们要去探亲戚啦，
去给外婆上坟烧香。

她们向东，
从那开满黄花的地边走过，
守卫边村的民兵
在唱着毛主席的歌，
那蓝妞还低声地和。
可是她们只穿过一块麦田，
只翻过一座沙岗，
只走了一里多路，
到叶岭村西就碰见了“狼”！

"狼"，脖上挂着"中央牌"，
"狼"，说着中国话，拿着美国枪！
"狼"，瞪着红眼珠把蓝妞上下打量：
"站住，八路探子，哪里去？"
"老总，去给她外婆烧纸哩！
听说和平啦，东西通行！"
"哼！和平？
他和，咱可不和……"
"狼"，拉着蓝妞进柳林，
蓝妞哭着就地滚……

但是到黄昏后，
蓝妞和她娘都又转来了，
她们顺着黄花地边走回自己的家。
可惜蓝妞变啦：
她的头发揉乱啦，
她的衣衫扯烂啦，
她光哭不说话，
不到天明她就上吊啦！

一九四六年五月

（《人民日报》1946年8月17日）

给“元首”塑像

路丁

我是中国一个精细的工匠。
听说抗战胜利是“元首”的“功劳”！
“元首”用美国的枪炮武装着军队，
他现在为“建国”的事业不遗余力；
我决定要给“元首”塑个大好的像。

★★★★★★

一个国的“元首”总需要一副塑像呀，
它应该是不平凡的，
我塑出来不能不适合“元首”的身份；
我搬出中国历代的塑像来，
仔细参看着是会塑得更好些！

★★★★★★

但我终于失望地惊讶起来，
什么都不及“元首”那样特有的“雄伟”?！
秦始皇、秦桧虽然还有些类似他的形影，
但却都抵不上今天的“元首”的本领！

★★★★★★

哦，
我倒忘记了：
“元首”是集中了古今中外“特”字的传统经验的。
“元首”的事业是“特”别又“美”化的呀！

★★★★★★

唉！中国历代的塑像哪里找得到？
中国现在哪来这样复杂多样的材料？
眼看我这精细的工匠也塑不成，
唉！
大约只好留待将来美国造！

（《人民日报》1946 年 8 月 22 日）

痛苦的歌

——蒋家暴政录

罗红

在河南省参议会中，苗重秀参议员质问张厅长时，说："抽老海与烟土的人是乡镇长，是县政府的科长、县长，也是省府派出的禁烟毒委员。"确实国民党统治下的乡镇长，和县长是一样作威作福欺诈人民的。在豫北的一个民歌里人民这样描绘着乡镇长：

妞，妞，快点长，
长大嫁给乡镇长。
吃香的，穿光的，
两边跟的挂枪哩！
妞，妞，快点长，
长大嫁给乡镇长。
坐汽车，嘟嘟响，
骑洋车，披大氅，
皮鞋底，喀喀响。

豫北广大的人民，在饥饿与贫穷的逼迫下已奄奄待毙了，但是蒋军依然不顾人民的死活，每天逼迫着他们修围墙、筑碉堡、送军粮。在送军粮中，人民唱出这样悲哀的歌曲：

去时拉牛车，
回来车拉牛，
牛死啦，
车卖啦，

拿个牛铃回来啦。

人民在这样苛捐杂税横征暴敛的政权下，对抗战胜利没有半点愉快的感觉，他们这样歌唱着抗战胜利：

谁云胜利是稀奇，
不及从前物价低，
弄得河南多凶年，
只有逃难到山西。

人民在这样的灾难中，听到国际救济物资来了，每个人都在救济的物资上寄托了很大的希望，但是最后他们失望了。他们又这样描写着所谓“公平救济”：

这般分配可均平，
先救官员后救民，
伯乐果然能识相，
哪知叔叔在幕中。

那些下级公教人员，也是穷得无法生活，叫苦连天。他们这样唱着：

报章日日载专条，
叫苦连天物价高，
公教人员齐请愿，
读书不如卖油条。
救济物资来救济，
救了官爷不救民。

（《人民日报》1946年9月8日）

儿　　歌

——送哥参加自卫战

蔡牧

半夜公鸡喔喔啼
我和嫂嫂起五更
哥哥明儿去参战
赶早给他烙几张饼

嫂嫂切葱花
我把面来和
葱花切得针细五分长
面儿和得软柔耐手摸

我来拉风箱
灶心火发笑
火呀火呀你猜错了
这会儿没客来，是咱送哥哥……

饼儿烙得薄
饼儿烙得圆
饼儿烙得两面黄
包俺哥哥吃来香

饼儿烙成千层空
里面包上芝麻盐
千层饼里千层心
长大我去参加八路军……

（《人民日报》1946 年 9 月 8 日）

战士诗叶

编者按：一年来，民主建国军高总司令领导下的战士们，目睹解放区群众翻天覆地的翻身运动，亲身体验到民主幸福的生活，最近又进行了时事学习，进一步认识了旧社会和国民党蒋介石的罪恶，深刻地体会了共产党救中国救人民的宗旨与伟绩，他们在各营的壁报上歌颂共产党和毛主席，充分流露出他们淳朴的热情和愉快，兹摘录数则于后：

一、歌颂毛主席

青天白日满地红，
中国出了个大救星，
要问救星是哪个，
中共领袖毛泽东。
他为人民解痛苦，
他叫穷人翻了身，
领导人民争太平。（宋随旺）

二、翻身小诗

住的人家房，
种的人家地，
吃的糠和菜，
穿的破烂衣。

春犁夏锄地，

四季不得闲，

粮食打在家，

地主来抢劫。

好的他拿走，

剩下糠和秕，

穷人呜呜哭，

地主心喜欢。

★★★★★★

八路领导咱，

减租又减息，

穷人翻了身，

地主把头低。

劳动享幸福，

谢谢毛主席。（洪潭三）

三、反内战快板

说混蛋道混蛋，

中国出了个大混蛋，

大混蛋蒋介石，

依靠外国打内战。

有飞机有大炮，

还有火轮与战船。

武器好不沾先，

士兵们不好骗，

“日本鬼投了降，

为□还叫打内战？”

他们越想越生气，

带着武器全跑完。

（《人民日报》1946年9月15日）

大杨湖的英雄万岁

柯岗

万岁！大杨湖的英雄们万岁！

在澄澈无际的蓝天之下，
穿过那透红的高粱林子，
有一位通讯兵鞭着胜利的战马
从陇海前线飞驰而来。

他说：
我是一个老兵，
我打败过日本强盗的进攻，
可是我比不上大杨湖战斗中的英雄！

我看到他们用头骨顶住了
天上喷下的美制□雨，
我看到他们□胸膛把美式炮口堵塞，
我看到他们用牙齿
把进犯者的机枪夺过来，
我看到他们用刺刀
把不肯投降的野兽劈心挑开，
我看到他们用炸弹
把花旗牌的甲虫炸得粉碎，
我看到他们高呼着：
“保卫祖国！
保卫和平！”

把大杨湖变成通红的火海，
我看到疯狂的狼群——
那蒋介石的可耻的卖国兵团，
像破烂的墙壁似的在这火海中倒下来！
……

万岁！大杨湖的英雄们万岁！
有了你祖国就得到了骄傲和希望，
有了你人民将永恒胜利，
有了你咱边区的母亲和孩子就不会失掉快乐和自由！

万岁！大杨湖的英雄们万岁！
战斗呀！更勇敢，更激剧的战斗！
不管是天上飞的，
地上爬的，
中国的，外国的，
只要是进攻人民的野兽，
把他们的脊椎骨统统打断，
让他们跪在你们面前，
把枪支横在他自己的头顶上！

万岁！大杨湖的英雄们万岁！

（《人民日报》1946年9月22日）

强　　盗

成坊

起来！
快拿起枪刀打强盗！
大盖帽子，
黄呢军服，
牛皮鞋，
美国步枪。
他是中式骨骼，
花旗形象。

他窜进解放区边疆，
烧、杀、淫、掠……
形同寇贼强盗。
浑身血腥气味，
手像一只魔爪！

这是一群
蒋美合制的强盗。
起来！快拿起枪刀，
要不杀他，自家难保！

一九四六年九月二十二日

（《人民日报》1946年9月25日）

活着的勇士

——二大队二中队吕园子战斗片断

胡奇

流不干的河水呀，
唱不光的歌；
数不尽的高山呀，
说不尽的英雄。
……
万年青，
千年红，
攻打吕园子，
数上张嘉荣。

眼看着七个勇士跳过河沟，
眼看着七个勇士打入寨门，
眼看着反动派的火力，
一阵比一阵紧，
啊，七个勇士七个无比的英雄，
一个个倒下去又站起来，
站起来又倒下去。

一切机枪都停了，
一切炮声都止了，
英雄张嘉荣左腿打断了！
他微微睁开眼，

看见身边六个同志握着枪，
静静地躺在血泊里。

“班长，班长，
同志！同志！
你们谁没有死啊？
快给我一颗炸弹，
让我打过去！”

寨门里静静的，
没有半点声音。

人过留名，雁过留声，
为人民战死最光荣。

突然，
枪声响了，
一个炮弹在勇士身边开花，
勇士赶紧抬起半个身子，
他的嘴角挂起一丝冷笑。

“哼，反动派又干了，
快把同志们丢下的武器收起，
别让他们拿。”

当他把七支枪搂住的时候，

这活着的勇士，
却昏昏的又倒下去了。

“同志你光荣负伤了，
快把枪交给我吧。”

“不，我不给，
这是九连的枪，
可不该你拿！”

“同志你忘了，
我是营教导员呀，
我姓方……”
“啥，教导员？”
勇士的喉咙给什么东西塞住了，
他死死地盯着教导员，
好一阵，
泪水才顺着那黄蜡蜡的脸腮，
哗哗流下。

“同志，别难过，
咱队伍都冲上去了，
敌人眼看就垮台。”

活着的勇士，
忽然坐起来，

他抓起一支枪，
嘴里嚷着：
“我也要去，
要杀几个……”

可是，
勇士的腿再也站不起来，
他的左腿真的给敌人打断了。

活着的勇士被担架抬走了，
教导员紧握着他的手，
他却忍着痛苦，
放开眉头，

“教导员同志，
给咱九连同志说呀，
请大家要保护好那七支枪，
别忘了给死了的同志复仇！”

（《人民日报》1946 年 9 月 29 日）

蒋军士兵之歌

燕凌 辑录

俺们来当兵，
原来是保长逼壮丁！
半夜三更打进屋门咕里咕咚，
跪下求饶没有用，
天明就进了新兵营，
一——二——三——四！一二三——四！

俺们来当兵，
一大群拴着一条绳。
一齐睡觉、一齐撒尿、一齐出恭！
一齐躺下不许动，
谁敢动就吃"洋花生"！
一——二——三——四！一二三——四！

俺们来当兵，
每天里受饥又挨冷。
十冬腊月穿的单衣满身补丁，
补了膝盖烂脊梁，
屁股上两只大眼睛！
一——二——三——四！一二三——四！

俺们来当兵，

原来是老蒋要壮丁，
七八年来没有见过日本人影，
八路打走日本鬼，
如今又来打八路，
这道理咱真想不通！
一——二——三——四！一二三——四！

俺们来当兵，
手拿着美国武器冲。
听说老蒋跟美国人订了协定，
中国主权都卖净，
美国就帮他坐朝廷。
一——二——三——四！一二三——四！

老蒋下了令，
向解放区边境齐进攻。
大炮轰轰飞机嗡嗡响在半空，
背后架着机关枪，
你不给他干算不中！
一——二——三——四！一二三——四！

刚刚一进攻，
一下子碰个大铁钉！
八路军打起仗来真是凶，
俺们师长被活捉，
弟兄们进了枉死城！

一——二——三——四！一二三——四！

想跑跑不成，
咱□把子弹朝天迸！
倒转枪口对准老蒋不听乱命！
想要早点回家转，
咱只有反战求和平！
一——二——三——四！一二三——四！

（《人民日报》1946 年 10 月 10 日）

牧　　歌

鲁之华

丁零当　丁零当
朝夕牧羊在清凉江上
羊铃唱破安静的大野
白云守望着我的小绵羊

我穿过深深的柳林
我走上起伏的沙岗
一阵风儿送来一阵香
秋阳照着我的红高粱

丁零当　丁零当
自编歌儿自己唱
忆起往年好心伤
一条牧鞭世世传
朝夕为人牧羊忙
羊肥人瘦饿肚肠

丁零当　丁零当
如今时光换了样
我赶着我自己的小羊群
一支歌儿两样唱
老辈传下的穷愁一扫光

我穿过深深的柳林
我走上起伏的沙岗
一阵风儿送来一阵香
秋阳照着我的红高粱

丁零当　丁零当
朝夕牧羊在清凉江上
羊铃唱破安静的大野
白云守望着我的小绵羊

一九四六年九月冀

（《人民日报》1946年10月15日）

运　输　队

钢丁

好个运输队，
真真好装备。
身穿伪军服，
头戴美国盔。
拉上美国炮，
又笨又累赘。

★★★★★★

好个运输队，
真是白受罪，
行军几千里，
雨打风又吹，
饭也吃不饱，
觉也不能睡。

★★★★★★

好个运输队，
作贼心先亏，
一进解放区，
心惊胆又慌，
放炮不见人，
脚下响地雷。

★★★★★★

好个运输队，

送礼也干脆，
一听炸弹响，
枪炮一大堆，
辜负洋爸爸，
无利本也亏。

★★★★★★

好个运输队，
解放好机会，
罢战投八路，
军民齐开欢迎会。

★★★★★★

道理讲明白，
罪在蒋介石。
大家团结起，
一致讨民贼。

（太岳新华分社）

（《人民日报》1946年10月15日）

美 国 迷

马凡陀

要不惜牺牲，
献身给美国。

——上海女参议员陈某语

头戴美国帽，
身穿美国衣，
脚登美国鞋，
满口 ABC。
开口上帝罚，
闭口 son of bitch，（注）
夜作美国梦，
醒来黄脸皮。

耳听美国话，
心窍美国迷，
手开美国枪，
对准亲兄弟……

（注）“son of bitch”按字直译为“母狗（或狼）的儿子”，发音为“森—阿夫—卑奇”，是美国人骂人的一句口头语，正如中国人说的“狗入的”一样。

（《人民日报》1946 年 10 月 25 日）

翻 身 谣

一

湾腰地，
长又长，
小三娶个大姑娘，
在家能纺花，
下地能帮忙。
人人都说小三转了运，
日子过得强又强。
小三摇头开言道，
说什么命好运气强，
要不是分了八亩湾腰地，
那有小三娶的大姑娘；
要不是来了共产党，
小三还得拉芥桑。

二

钱是胆，
地是根，
少钱没地难煞人。
走到街前没人问，
姑姑姨姨不认亲，
冻得身打战，
饿得头发晕，

忽然来了八路军，
领导咱们翻了身。
刨穷根，
栽富根，
减租减息救穷人；
有了钱，壮了胆，
有了地，扎上根，
老蒋要来打内战，
要不拼了是龟孙。

（《人民日报》1946 年 10 月 31 日）

儿 皇 帝

卜夫

左手拿“军令”，
右手拿“政令”，
嘴里说“和平”，
屁股下“战令”。

主席、委员长，
官衔数不清，
一心要独裁，
武力行专政。

甘当儿皇帝，
认贼作父亲，
一切国家权，
卖得干干净。

赛过袁世凯，
比倒汪兆铭，
汉奸卖国贼，
老蒋数头名。

（《人民日报》1946年11月15日）

蒋区民谣小集

罗红

早上忙，晚上忙，从夏忙，到秋忙，交了差事奉了粮，自己吃咧还得量。

一怕旱，二怕淹，三怕蚂蚱，四怕捐，五怕军队凶如虎，六怕衙门评理偏，七怕征兵，八怕打，九怕保长大利钱，提起怕，实实怕，十怕没吃又没穿。

套上牛，麦装上，咕咕噜噜进县仓，大哥饿在打麦场。

万儿八千算个球，一二十万买个牛，下辈孩子别种地，学会印票不发愁。

（《人民日报》1946 年 11 月 20 日）

咏“特使”

贺绿汀

“特使”何必苦装潢
蒙上马皮仍是狼
毕竟是个参谋长
口是心非做过场

中国人民有主张
何必将军日夜忙
可怜昔日参谋长
不作英雄愿作狼

如今马皮已揭光
快率儿狼返故乡
莫等全球愤怒日
青史万古丑名扬

（《人民日报》1946年11月25日）

王贵与李香香

——陕甘宁边区民间革命历史故事

李季

第一部

一、崔二爷收租

中华民国十九年，
有一件伤心事，出在三边。

人人都说三边有三宝，
穷人多来富人少。

一眼望不尽的老黄沙，
哪块地不属财主家？

民国十八年雨水少，
庄稼就像炭火烤。

瞎子摸黑路难上难，
穷汉们就怕闹荒年。

荒年怕尾不怕头，
十九年春荒人人愁。

掏完了苦菜上树梢，
遍地不见绿苗苗。

坟堆里挖骨磨面面，
娘煮儿肉当好饭！

二三月饿死人装棺材，
五六月饿死没人埋。

窖里粮食霉个遍，
崔二爷粮食吃不完。

穷汉们饿得像只丧家狗，
崔二爷狠心见死他不救！

风吹大树嘶啦啦地响，
崔二爷有钱当保长。

一个算盘九十一颗珠，
崔二爷牛羊没有数数。

三十里草地二十里沙，
哪一群牛羊不属他家？

烟洞里冒烟飞满天，
崔二爷他有半个天。

县长跟前说上一句话，
刮风下雨都由他。

天气越冷风越紧，
人越有钱心越狠！

十八年庄稼没有收，
庄户人家皱眉头。

打不下粮食吃不成饭，
崔二爷的租子也难还。

饿着肚子还好过，
短下租子命难活！

王麻子三天没见一颗米，
崔二爷的狗腿子来催逼。

舌头在嘴里乱打转，
王麻子把好话都说完。

“还不起租子，我还有一条命，
这辈子还不起，来世给你当牲灵。”

“短租子、短钱、短下粮——

老狗你莫非想拿命来抗?”

一句话来三瞪眼,
三句话来一马鞭!

狗腿子像狼又像虎,
五十岁的王麻子受了苦。

浑身打烂血直淌,
连声不断叫亲娘。

孤雁失群落沙窝,
邻居们看着也难过。

“冬天穿皮袄为避风,
王麻子短租谷,不短你的命。”

“房子家产由你们挑,
打死我租子也交不了!”

毛驴撞草垛没有长眼,
狗腿子不长人心肝!

一根棍断了又一根换,
白落红起不忍心看!

太阳偏西还有一口气，
月亮上来照死尸。

拔起黄蒿还带根，
崔二爷做事太狠心！

打死老子拉走娃娃，
一家人落了个光踏踏！

冬天里草木不长芽，
旧社会的庄户人不如牛马！

二、王贵揽工

王麻子的娃娃叫王贵，
不大不小十三岁。

崔二爷来好打算，
养下个没头长工常使唤。

算个儿子掌柜的不是大，
顶上个揽工的不把钱花。

羊羔子落地咩咩叫，
王贵虽小啥事都知道。

牛驴受苦喂草料，
王贵四季吃不饱。

大年初一饺子下满锅，
王贵还啃糠窝窝。

穿了冬衣没夏衣，
六月天翻穿老羊皮。

秋天收庄稼一张镰，
磨破了手心还说慢。

冬天王贵去放羊，
身上没有好衣裳。

脚手冻烂血直淌，
干粮冻得硬梆梆。

心想拔柴放火烤，
雪下的柴儿点不着了。

马兰开花五个瓣瓣，
王贵揽工整四年。

冬里雪大来年麦好，
王贵就像麦苗苗。

十冬腊月雪乱下，

王贵想起他亲大。

老牛死了换上牛不老，
杀父深仇要子报！

三、李香香

百灵子雀雀百灵子蛋，
崔二爷家住死羊湾。

大河里涨水清浑不分，
死羊湾有财主也有穷人。

死羊湾前沟里有一条水，
有一个穷老汉李德瑞。

白胡子李德瑞五十八，
家里只有一枝花。

女儿名叫李香香，
没有兄弟死了娘。

脱毛雀雀过冬天，
没有吃来没有穿。

十六岁的香香顶上牛一条，
累死挣活吃不饱。

羊肚子手巾包冰糖，
虽然人穷好心肠。

玉米结子颗颗鲜，
李老汉年老心肠软。

时常拉着王贵的手，
两眼流泪说："娃命苦！

"年岁小来苦头重，
没娘没大孤零零。

"讨吃子住在关爷庙，
我这里就算你的家。"

刮风下雨人闲下，
王贵就来把柴打。

一个妹子一个大，
没家的人儿找到了家。

四、掏苦菜

山丹丹开花红姣姣，
香香人才长得好！

一对大眼水汪汪，
就像那露水珠在草上淌。

二道糜子碾三遍，
香香自小就爱庄稼汉。

地头上沙柳绿蓁蓁，
王贵是个好后生！

身高五尺浑身都是劲，
庄稼地里顶俩人。

玉米开花半中腰，
王贵早把香香看中了。

小曲好唱口难开，
樱桃好吃树难栽。

交好的心思两人都有，
谁也害臊难开口。

王贵赶羊上山来，
香香在洼里掏苦菜。

赶着羊群打口哨，
一句曲儿出口了：

“受苦一天不瞌睡，

合不上眼睛我想妹妹。”

停下脚步定一定神，
洼洼里声小像弹琴。

“山丹丹花来背洼洼开，
有那些心思慢慢来。”

“大路畔上的灵芝草，
谁也没有妹妹好！”

“马里头挑马不一般高，
人里头挑人数哥哥好！”

“樱桃小口糯米牙，
巧口口说些哄人话。

“交上个有钱的花钱常不断，
为啥要跟我这揽工的受可怜?!”

“烟锅锅点灯半炕炕明，
酒盅盅量米不嫌哥哥穷。”

“妹妹生来就爱庄稼汉，
实心实意赛过银钱。”

"红瓤子西瓜绿皮包，
妹妹的话儿我忘不了。"

"肚里的话儿乱如麻，
定下个时候，说说知心话。"

"天黑夜静人睡下，
妹妹房里把话拉。"

"满天的星星没月亮，
小心踏在狗身上！"

五、两块洋钱

太阳落山红艳艳，
香香担水上井畔。

井里打水斗绳绳短，
香香弯腰气直喘。

黑呢子马褂缎子鞋，
洼洼里来了崔二爷。

一颗脑袋像个山药蛋，
两颗鼠眼笑成一条线。

张开嘴瞭见大黄牙，
顺手把香香捏了一把。

“你提不动我来帮你提，
绣花手磨坏怎个哩！”

“崔二爷你守规矩，
毛手毛脚干啥哩？！”

“小娇娇你不要恼，
二爷早有心和你交。”

“大米干饭羊腥汤，
主意早打在你身上。

“交了二爷多方便，
吃喝穿戴由你拣。”

香香又气又害羞，
担上水桶往回走。

崔二爷紧跟在后边，
腰里摸出来两块钱。

“二爷给你两块大白洋，
拿去扯两件花衣裳。”

香香的性子本来躁，

自幼就把有钱人恨透了。

一恨一家吃不饱——
打下的粮食交租了；

二恨王贵给他揽工——
没明没夜当牲灵。

脸儿红似石榴花：
“谁要你□钱干什么？”

“死丫头你不要不识好，
惹恼了二爷你受不了！”

挨骂狗低头顺着墙根走，
崔二爷的醋瘾没有过够。

“井绳断了桶掉井里头，
终久脱不过我的手。

“放着白面你吃饸饹，
看上王贵你看不上我?!

“王贵年轻是个穷光蛋，
二爷我虽老有银钱。

“铜箩里筛面落面箱，
王贵的命儿在我手上。

“烟洞里卷烟房梁上灰，
我回去叫他小子受两天罪！”

第二部

一、闹革命

三边没树石头少，
庄户人的日子过不了。

天上无云地下旱，
过不了日子另打算。

羊群走路靠头羊，
陕北起了共产党。

头名老刘，二名高岗，
红旗插在半天上。

草堆上落火星大火烧，
红旗一展穷人都红了。

千里的雷声万里的闪，
快哩马撒红了个遍。

紫红犍牛自带耧，
闹革命的心思人人有。

前半晌还是个庄稼汉，
到黑里背枪打营盘。

打开寨子分粮食，
土地牛羊分个光。

少先队来赤卫军，
净是些十八九的年轻人。

女人们走路一阵风，
长头发剪成短缨缨。

上河里涨水下河里浑，
王贵暗里参加了赤卫军。

白天到滩里去放羊，
黑夜里开会闹革命。

开罢会来鸡子叫，
十几里路往回跑。

白天放羊一整天，
黑夜不眏一眏眼。

身子劳碌精神好，
闹革命的心劲一满高。

手指头五个不一般长，
王贵的心思和人不一样。

别人的仇恨像座山，
王贵的仇恨比天高：

活活打死老父亲，
迩刻又要抢心上的人！

牛马当了整五年，
崔二爷没给过一个工钱。

崔二爷来胡日弄，
修寨子买马又招兵。

地主豪绅个个凶，
崔二爷是个大坏□！

庄户人个个想吃他的肉，
狗儿见他也哼几哼。

众人向游击队长提意见：

早早地打下死羊湾。

心急等不得豆煮烂，
定下个日子：腊月廿三。

半夜先捉定崔二爷，
到天明大队开进死羊湾。

定下计划人忙乱，
后天就是二十三。

二、太阳会从西边出来吗？

打着了狐子兔子搬家，
听见闹革命崔二爷心害怕。

白天夜晚不瞌睡，
一垛墙想堵黄河水。

明里查来暗里访，
打听说谁个随了共产党？

听说王贵暗里闹革命，
崔二爷头上冒火星。

放羊回来刚进门，
两条麻绳捆上身。

顺着捆来横着绑，
五花大绑吊在二梁上。

全庄的男女都叫上，
都来看闹革命的啥下场！

连着打断了两根红柳棍，
昏死过去又拿冷水喷。

麻油点灯灯花亮，
王贵浑身扒了个光。

两根麻绳捆着胳膊腿，
捆成个鸭子倒浮水。

满脸浑身血道道，
活像个剥了皮的牛不老。

崔二爷来气汹汹，
打一皮鞭问一声：

“癞蛤蟆想吃天鹅肉，
穷鬼们还能闹成个大事情！

“撒泡尿来照照你的影，
贼眉鼠眼还会成了精！

“五黄六月会飘雪花？
太阳会从西边出来吗？”

“老狗日你不要耍威风，
不过三天要你狗命！

“我一个死了不要紧，
千万个穷汉后面跟。”

“王贵你不要说大话，
说来说去咱们是一家。

“姓崔的没有亏待过你，
猴娃娃养成大后生。

“过罢河来你拆了桥，
翅膀硬了你忘了恩。

“马无毛病成了龙，
该是你一时糊涂没想通？

“浪子回头金不换，
放下杀猪刀成神仙。

“千错万错我不怪你，

年轻人没把握我知道哩。”

“老王八你不要灌迷汤，
又软又硬我不上你的当。

“世上没良心的就数你，
打死我亲大，把我当牲灵。

“苦死苦活一年到头干，
整整五年没见你半个钱。

“五更半夜牲口正吃草，
老狗日你就把我吼叫起来了。

“没有衣裳没有被，
五年穿你两件老羊皮。

“你吃的大米和白面，
我吃顿黄米当过年。

“一句话来三瞪眼，
三天两头挨皮鞭。

“姓崔的你是娘老子养，
我王贵娘肚里也怀了十个月胎！

“你是人来我也是个人，
为啥你这样没良心?!

“我王贵虽穷心眼亮，
自己的事情有主张。

“闹革命成功我翻身了；
不闹革命我也活不长。

“跳蚤不死一股劲地跳，
管他死活就是我这命一条。

“要杀要剐由你挑，
你的鬼心眼我知道：

“硬办法不成软办法来，
想叫我顺了你把良心坏。

“趁早收起你那鬼算盘，
想叫我当狗难上难!”

崔二爷又羞又气恼，
撕破了老脸，一跳三尺高。

“狗咬巴屎你不是人敬的，
好话不听你还骂人哩!”

说个“打”字，皮鞭如雨下，
疼得王贵紧咬着牙。

一阵阵黄风一阵阵沙，
香香看着心上如刀扎。

一阵阵打战一阵阵麻，
打王贵就像打着了她。

脸皮发红又发白，
眼泪珠噙着不敢滴下来。

两耳发烧浑身麻，
活像一个死娃娃。

为救亲人想的办法好，
偷偷地跑出了大门道。

一边走来一边想：
“王贵的命儿就在今晚上。

“他常到张家圪塄去开会，
那里该住着游击队！

“快走快跑把信送，

迟一步亲人就难活命!”

三、红旗插到死羊湾

队长的哨子呼呼响,
挂枪上马人人忙。

听说王贵受苦刑,
半夜三更传命令:

“王贵是咱好同志,
再怎么也不能叫他把命送。”

二十四马队前边走,
赤卫军、少先队紧跟上。

马蹄落地嚓嚓响,
长枪、短枪、红缨枪。

人有精神马有劲,
麻麻亮时开了枪。

白生生的蔓菁一条根,
庄户人和游击队是一条心。

听见枪响齐下手,
菜刀、鸟枪、打狗棍。

里应外合一起干，
死羊湾闹得翻了天。

枪声乱响鸡狗乱叫唤，
游击队打进了死羊湾。

崔二爷当炕上睡大觉，
听见枪响往起跳。

打罢王贵发了瘾，
洋烟抽得正起劲。

黄铜烟灯玻璃罩，
银□的烟葫芦不能解心焦。

大小老婆两三个，
哪个也没有香香好！

肥羊肉掉在狗嘴里头，
三抢两抢夺不到手。

王贵这一回再也活不了，
小香香就成我的了。

越想越甜赛砂糖，
涎水流在下巴上。

烟灯旁边做了一个梦，
把香香抱在怀当中。

又酸又甜好梦做不长，
“噼啪”“噼啪”枪声响。

头一枪惊醒坐起来，
第二枪响时跳下炕。

连忙叫起狗腿子：
“关着大门快上房！

“哪边过来哪边打；
一人赏你们十块响洋。”

人马多枪声稠不一样，
二爷心里改了主张——

太阳没出满天韶，
崔二爷从后门溜跑了。

太阳出来天大亮，
红旗插在崄畔上。

太阳出来一朵花，

游击队和咱穷汉们是一家。

滚滚的米汤热腾腾的馍，
招待咱游击队好吃喝。

救上王贵松开了绳，
游击队的同志们个个眼圈红。

把王贵痛得直昏过，
香香哭着叫：“哥哥！

“你要死了我也不得活，
睁一睁眼睛看一看我。”

四、自由结婚

太阳出来满天红，
革命带来了好光景。

崔二爷在时就像大黑天，
十有九家没吃穿。

穷人翻身赶跑崔二爷，
死羊湾变成活羊湾。

灯盏里没油灯不明，
庄户人没地种就像没油的灯。

有了土地灯花亮，
人人脸上发红光。

吃一嘴黄连吃一嘴糖，
王贵娶了李香香。

男女自由都平等，
自由结婚新时样。

唐僧取经过了七十二个洞，
王贵和香香受的折磨数不清。

千难万难心不变，
患难夫妻实在甜。

俊鸟投窝叫喳喳，
香香进洞房泪如麻。

清泉里淌水水不断，
滴湿了王贵的新布衫。

“半夜里就等着公鸡叫，
为这个日子把人盼死了！”

香香想哭又想笑，
不知道怎么说着好。

王贵笑得说不出来话，
看着香香还想她！

双双拉着香香的手，
难说难笑难开口：

“不是闹革命穷人翻不了身，
不是闹革命咱俩也结不了婚！

“革命救了你和我，
革命救了咱们庄户人。

“一杆红旗要大家扛，
红旗倒了大家都遭殃！

“快马上路牛耕地，
闹革命是咱们自己的事。

“天上下雨地下滑，
自己跌倒自己爬。

“太阳出来一股劲地红，
我打算长远闹革命。”

过门三天安了家，

游击队上报名啦。

羊肚子毛巾缠头上，
肩膀上背着无烟钢。

十天半月有空了，
请假回来看香香。

看罢香香归队去，
香香送到沟底里。

沟湾里胶泥黄又多，
挖块胶泥捏咱两个。

捏一个你来捏一个我，
捏的就像活人托。

摔碎了泥人再重和，
再捏一个你来再捏一个我。

哥哥身上有妹妹，
妹妹身上也有哥哥。

捏完了泥人叫："哥哥，
再等几天你来看我。"

第三部

一、崔二爷又回来了

大红晴天下猛雨，
鸡毛信传来了坏消息。

拿着鸡毛信不住气地跑，
压迫人的白军又来了！

游击队连夜开到白军屁股后边去，
上级命令去打游击。

吹起哨子背起枪，
王贵没顾上去看香香。

死羊湾黑里听到信，
第二天大清早白军可进了村。

白军个个黑丧着脸，
就好像人人都短他们二百钱。

东家查来西家问：
“谁家有人随了红军？”

“谁家分了牛和羊？
谁家分地又分房？”

牛四娃分了一孔窨，
三查两问查出来了。

崔二爷的大门宽又高，
两根麻绳吊起了。

两把荆条一把刺，
浑身打成血丝丝。

白军连长没头鬼，
叉着手来咧着嘴：

“干井里打不起清水来，
天生的穷骨头想发便宜财！

“阎王爷叫你当穷汉，
斜头歪脑还想把身翻。

“仗着你红军老子势力大，
粪爬牛还想推泰山！（注）

“分的东西赶快往出交，
你们的红军老子靠不着了。”

绳子捆来刺刀逼，
崔二爷的东西都要回去。

狗腿子开路，狼跟在后边，
崔二爷又回到死羊湾。

长袍马褂文明棍，
崔二爷还是那个□样子。

东家溜来西家串，
“想发我姓崔的洋财是枉然。

“前朝古代也有人造反，
这些事情不稀罕。

“世上有怪事，天上也一样，
天狗还能吃月亮。

“嘴里吃来屁股里巴，
月亮还是亮光光。

“自古一正压百邪，
妖魔作乱不久长。

“真龙天子是个谁？
死羊湾的天下还姓崔！”

本性难改狗吃屎，
崔二爷想香香，心还没有死。

打发李德瑞去支差，
崔二爷来到他家里。

露着牙齿只是个笑：
“小香香，我又回来了！

“过去的事情，我全不记，
只要你乖乖地跟我去。

“你那红军老汉跑得没影踪，
活活守寡我心里不安生。

“不要再任性，你跟上我，
有吃有穿真受活。”

香香又羞又气又害怕，
低着头来不说话。

崔二爷当她顺从了，
浑身发痒心里似火烧。

屋里没人崔二爷胆子大，

照着脸上捏了一把。

顺水推舟亲了一个嘴，
——大白天他想胡日鬼！

香香气急往外跑，
一边跑来一边叫。

满脸笑着把门堵：
“女人家做事真糊涂。”

说着说着又上前，
香香把唾沫吐了他一脸。

双脚乱踢手乱抓，
崔二爷脸上叫抓了两个血疤疤。

邻居们都来看热闹，
崔二爷害臊往回跑。

临走对着香香说：
“看你闹的算个啥？

“打开窗子，把话说个明，
这一回你从也要从，不从也要从！”

二、羊肚子手巾

崔二爷他把良心坏，

李德瑞支差一去不回来。

老雀死了公雀飞出窝，
香香一个人怎过活？

有心去找游击队，
狗腿子照着走不脱。

先送米来又送面，
崔二爷想把香香心买转。

请上这个央那个，
一天来劝两三遍。

硬的吓来软的劝，
香香至死心不变。

一天哭三回，三天哭九回，
铁石的心儿也变软。

人不伤心不落泪，
羊肚子手巾水淋淋。

羊肚子手巾一尺五，
拧干了眼泪再来哭。

房子后边土坡坡，
瞭见寨子外边黄沙窝。

沙梁梁高来，沙窝窝低，
照不见亲人在哪里。

房子前边种榆树，
长得不高根子粗。

手扒着榆树摇几摇，
你给我搭个顺心桥！

隔窗子瞭见雁飞南，
香香的苦处数不完。

人家都说雁儿会带信，
捎几句话儿给我心上的人：

“你走时树木才发芽，
树叶落尽你还不回家。

“马儿不走鞭子打，
人不能回来捎上两句话。

“一疙瘩石头二疙瘩砖，
你不知道妹妹怎么难！

"满天云彩风吹乱，
咱俩的婚姻叫人搅散。

"五谷里数不过豌豆圆，
人里头数不过咱俩可怜！

"庄稼里数不过糜子光，
人里头数不过咱俩凄惶！

"想你想得吃不进去饭，
心火上来把嘴燎烂。

"阳洼里糜子背洼里谷，
哪里想起你哪里哭。

"端起饭碗想起了你，
眼泪滴到饭碗里。

"前半夜想你点不着灯，
后半夜想你天不明。

"一夜想你合不着眼，
炕围子上边画你眉眼。

"叫一声哥哥快来救救我，

来得迟了命难活！

“我要死了你莫伤心，
死活都是你的人。

“马高镫短扯首长，
魂灵儿跟在你身旁。”

刘二妈来好心肠，
香香难过她陪上。

得空就来把香香劝：
“可怜的娃娃，不要伤心！

“有朝一日游击队回来了，
公仇私仇一齐报。

“活捉崔二爷拿绳绑，
狗腿子白军一扫光！”

三十三颗荞麦，九十九道棱，
伤心过度，香香得了病。

天不下雨，庄稼颜色变，
面黄肌瘦变了容颜。

带病做了一双鞋，
含着眼泪交给刘二妈。

“刘二妈，这双鞋托付你，
我死后，一定要捎给他！

“送去鞋子把话捎：
他只能穿我做这一双鞋子了！”

三、团圆

崔二爷发了火：
“死丫头这样不抬举我！”

黑心歪尖赛虎狼，
下了毒手抢香香。

七碟子八碗摆酒席，
看下的日子腊月二十一。

崔二爷娶小，狗腿子忙，
坐席的净是连排长。

当兵的每人赏了五毛钱，
猜拳赌博闹翻天。

香香哭得像泪人，
越想亲人越伤心。

红绸子袄来绿缎子裤，
两三个老婆来强固。

香香又哭又是骂：
“姓崔的，你怎么不娶你老妈妈？

“有朝一日遂了我心愿，
小刀子扎你没深浅！”

听见只当没听见，
崔二爷炕上抽洋烟。

过足了烟瘾去看酒，
推推让让活像一群咬架狗。

你敬我来我敬你，
烧酒喝在狗肚里。

你恭喜来他恭喜，
崔二爷好比是他亲大哩。

崔二爷来笑嘻嘻：
“薄酒蔬菜，大家要原谅哩！

“我娶这小房，靠大家，

众位不帮忙，就没法！

“本来该叫她来敬敬酒，
酬劳诸位多辛苦。

“脑筋不转只是哭，
往后闲了再叫她补。

“这个女人本来贱，
看不上有钱的要穷汉。

“穷骨头王贵争又抢，
胳膊扭大腿他犯不上。

“我和她这婚姻天配就，
东捣西捣，没脱过我的手。

“说来说去还是我说的那句话：
太阳会从西边出来吗？”

喝酒赌博寨门口没放哨，
游击队悄悄过来了！

枪声一响乱喊“杀！”
咱们的游击队打来啦！

一人一马一杆枪，
咱们游击队势力壮！

大刀、马枪、红缨枪，
马枪、步枪、无烟钢。

白军当兵的哪个愿打仗？
乖乖地都给游击队缴了枪。

点起火把满寨子明，
庄户人个个来欢迎。

连排长没兵，酒席桌前干着急，
崔二爷怕得钻到炕洞里。

连长跑了抓排长，
一个一个都捆上。

崔二爷浑身软不塌塌，
捆一个老头来看瓜。

连长翻墙往外跳，
冷不防被牛四娃抓定了。

听见枪响香香笑，
十成是咱游击队打来了。

人逢喜事精神爽，
翻起身来跳下炕。

走起路来快又急，
看看我亲人在哪里？

队长跟前请了假，
王贵到上院来找她。

满院子火把亮又明，
不见我妹妹在哪里？

远远瞭见一个新媳妇，
上身穿红下身绿。

马有记性不怕路途长，
王贵的模样，香香不会忘。

羊肚子手巾脖子里围，
不是我哥哥是个谁？

两人对面拉着手，
难说难笑难开口。

一肚子话儿说不出来，

好比那，一条手巾把嘴塞。

挣扎半天，王贵才说了一句话：
“咱们闹革命，革命也是为了咱！”

（注）粪爬牛，即屎壳郎。

（《人民日报》1946年11月25日、26日、27日连载）

延安街头诗选之一

埋　地　雷

拿起镢头挖！挖！挖！

种上铁皮黑瓤大西瓜，

单等蒋军走进来，

到处响来到处炸；

肠子流出来，

脑袋全开花，

要是你害怕，

快点丢盔撂甲回老家！（汶石）

（《人民日报》1946 年 11 月 30 日）

延安街头诗选之二

蒋　军　愁

跑着来，爬着走，
缺了腿，短了手！
笑着来，哭着走，
披长衣，挂短袖！
愁着来，恼着走，
咒黄山，怪石头！
饿着来，渴着走，
怨梢林，恨山沟！
车上来，担架走，
短命鬼，不长寿，
要不死，当俘虏！（高敏夫）

（《人民日报》1946 年 12 月 5 日）

四大家赞

吕班

蒋

千年封建淬一炉，葫芦脑袋东洋胡；
屠夫胳膊衙役腿，脊椎骨里装浆糊；
精于拍马擅长跪，肉里无骨待人扶；
头戴独裁冠一顶，怀抱专制八卦图；
胸前一串人顶骨，默诵“法西”数念珠。
翡翠杯中斟血酒，黄金宝座压骷髅。
启蒙先师曾文正，希魔墨怪好门徒；
山姆大叔干儿子，万古云霄一妖狐！（注）

宋

风度翩翩似少年，宋家众女独一男。
巴拿便帽自幼戴，花旗革履一向穿；
英文原比汉文好，卖国商约信手签。
漂洋过海为姐夫，笑语常夸内弟贤。
专门喜欢华盛顿，一年四季往西搬；
花旗银行老主顾，巴西国里有田园。
跪求美将作顾问，简派英人长海关。
饿死中华黄面孔，好去纽约度余年。

孔

票号门中一贼官，周身铜臭气冲天；
罗裙带上求名利，夫人膝下常承欢。
肥头最善钻钱孔，胖体恰似铸银元。
出奇制胜交易所，运筹帷幄铁算盘。
中央银行充私库，钞票狂发亿万千；
黄金白银天上运，民脂民膏腹中餐。
罢官专心营买办，合组公司送利权，
垄断中华无穷富，到头难免头倒悬。

二陈

巨斧劈开地狱门，人间恶毒数二陈！
党化教育人学狗，特务横行狗吃人。
魔爪伸遍卅五省，党痞贪官劫万民。
劳动营锁青年手，垄断文化剪新闻。
人前自夸手段好，曾戮青年卅万名。
赴沪亲布暗杀网，在滇阴谋害李、闻。
野心未已搞国大，为摸肥鱼水搅浑。
希姆勒与戈培尔，问尔横行能几春？

（注）山姆大叔，美国的绰号——Uncle Sam 的译音。

（《人民日报》1946 年 12 月 10 日）

延安街头诗选之三

汪精卫和蒋介石

汪精卫，哈巴狗，
步步跟着鬼子走，
摇摇尾，摆摆头，
鬼子垮台他也球！
蒋介石，偷咬狗，
美国老爷牵着走，
喝人血，吃人肉，
我看你九月的蚊子到时候！（戈壁舟）

吃完他卒子再吃车

打蒋军好比下象棋，
吃完他卒子再吃车，
全盘人马都吃尽，
看他老蒋走哪里！（胡采）

（《人民日报》1946 年 12 月 10 日）

寄法兰西

鲁藜

法兰西，美丽的法兰西
在我少年时代，我不爱法兰西
我憎恨法兰西
那时候，法兰西是帝国主义者
我亲身受到她的压迫
我生长在她的殖民地里

可是当我成年走入了革命斗争
当我翻开世界革命史
我就爱法兰西
爱这过去了的法兰西
爱这攻破巴士底的法兰西
爱这巴黎公社的法兰西

啊，法兰西，人民的法兰西
从你的过去到现在
有过多少悲壮的戏剧
从人民阵线的失败
到沦亡，到土伦舰队的□
到巴黎充满解放的花朵

一直到今天，法兰西

真正美丽的法兰西
真正可爱的法兰西
在你的国民议会里
法兰西的人民底党，共⧄
出现在议席的最前边

法兰西，美丽的法兰西
听我这东方人向你欢呼⧄
我将用喜爱的眼睛注视⧄
在这旗帜下，人民高举着⧄
照耀着欧罗巴在前进

（《人民日报》1946年12月15日）

快板家信

战士何长富，最近收到一封他舅父安佩之的来信，信上写着：

长富外甥听我言，
从你走后有半年。
你是为国家，
你是为了打蒋介石坏家伙顽固蛋。
祝你多学习，
盼你身体更康健。
家里一切事，
请你不要挂念。
你母也快乐，
不缺吃来不缺穿。
麦子也种上，
村里照顾也周全，
如果你母有困难，
我要关照理当然。
你与同志要和气，
工作战斗作模范，
上级命令要服从，
劳动干活要争先。
你的身体不强健，
多喝汤水保平安。
从你去年走了后，
咱村又走几十男，

南头走了徐记明，

明亮那孩也参战，

是英雄来好英雄，

英雄都是真青年。

舅父要不是年纪大，

一齐参军去打蒋坏蛋。

纸短话长说不尽，

千万记在心里边。

你要是看不懂这封信，

找你连长指导员给你念念。

并祝你连长指导员都康健。

长富念完了他舅父的信，喜得闭不上嘴，马上就回了一封信说：

舅父，你的来信我收到，

高兴得心里蹦蹦跳，

离家半年谢谢你，

对我母亲照顾多周到。

劝我的话记得牢，

在前线我一定爱护身体，

好好学习，

努力工作，

杀退蒋贼把仇报，

活捉敌人把枪缴，

自卫战中立功劳！

（《人民日报》1946 年 12 月 25 日）

孟县逃难人（哭五更调）

路光 辑

这篇东西，是孟县独立营一群新战士，在去冬开始学习时，你一句我一句凑成的，唱的是张伯华与日本实行“新老合作”及蒋军占领后孟县人民的遭遇。当《逃难人》在城里、虢村、尉氏各村戏台上唱出时，观众为之啼哭者很多。现在到处流传，我就是在韩庄一个小孩行百三唱时记录的。

当张伯华与“亡国军”（群众对顽固军的改音）戴着美国帽子，拿着美国武器又来糟蹋孟县时，看看这篇东西，你就会想到孟县人民现在是怎样愤慨了。这唱的是孟县，但也无妨说唱出了整个蒋管区农民的痛苦。

一更鼓儿初，逃难人大街哭，
肚里头，没有食，身上没有衣服，
可怜我一家人呀！实在真是受苦，
哪哼嗳哟，实在真受苦，
走过五里屯，又到十里铺，
全家人走一天，不到三十里路，
腿疼我腰又酸呀，大小只是啼哭。
哪哼嗳哟，（重句）
太阳落西山，行走整一天，
在家里千日好，出门时时难，
没吃没喝呀，谁问我真是可怜，
哪哼嗳哟。（重句）

二更鼓儿开，全家人逃在外，

可怜那张伯华他把良心坏，
派粮又派款呀，才把人民杀害。
哪哼嗳哟，（重句）
越想越悲哀，张洵明也很坏，（注）
抢东西，烧房屋，杀人如刀切菜，
买卖客商人呀！勒死还有活埋。
哪哼嗳哟，（重句）
父想子不归，妻盼夫不来，
卖房产，几个钱，叫他去跑买卖，
路过他三区地呀！被截他空身回来。
哪哼嗳哟。（重句）

三更鼓儿响，全家人泪汪汪，
可恨那保甲长，办事太不良，
派一个要十个呀！才把那人民逼光。
哪哼嗳哟，（重句）
盂县遭旱荒，三年没收粮，
遭虫灾、遭旱灾，老百姓闹饥荒。
你不想法来救济呀！还要下乡抢粮。
哪哼嗳哟，（重句）
缑村你也抢，庙地你也抢，
西虢村、冶戍街，粮食都抢光，
生意没法办呀！才把门来关上。
哪哼嗳哟。（重句）

四更鼓儿铮，全家人睡蒙眬，
可恨那当汉奸，不是他爹娘生，

老百姓供吃穿呀！他还要下乡行凶。
哪哼嗳哟，（重句）
西乡遭旱荒，东乡水淹光，
遭旱荒，水淹光，家家遭灾殃，
当官的不救济呀！还天天派人催粮……
草根都吃光，麦苗也得尝。
茭茭心，大雁屎，树皮都吃光，
饿得人吃人呀！大闺女逃到外乡。
哪哼嗳哟。（重句）

五更鼓儿鸣，全家人都睡醒，
日本鬼，吃败仗，退出我中国境，
“亡国军”不抗战呀，又来抢夺县城。
哪哼嗳哟，（重句）
政协会有决定，全国都要和平，
蒋介石不执行，到处是枪炮声，
搞得咱中国呀，谁也不能太平。
哪哼嗳哟，（重句）
人家说八路军，敬的是老百姓，
减租减息，助翻身，穷苦人活得成。
我下决心进边区呀！看看那新光景。
哪哼嗳哟。（重句）

（注）张伯华是顽县县长，张洵明是顽三区区长。

（《人民日报》1946 年 12 月 25 日）

刘天昭还乡（坠子词）

韩明

内战的炮火响连天，
蒋占区老百姓受尽摧残。
中央军进村庄血腥满面，
又奸淫又烧杀惨绝人寰。
比日本比汉奸没啥分辨，
有分别只不过美牌汉奸。
汪精卫当的是日本走狗，
蒋介石已做了美国儿男。
劝同胞对老蒋不要梦想，
遭殃军到你家你就知端。
也不管穷和富齐受摧残，
哪分你是地主、农民会员。
南华县有一桩真情实事，
给大家作介绍细听一番。
小留集直串着鄄菏公路，
正处在南华县紧靠东边。
这集上有一个逃亡地主，
他名叫刘天昭惧罪逃窜。
他有个大儿刘学尧，
爷俩都是“还乡团”。
家中撇下婆媳俩，
还有闺女在家园。
闺女年长十八九，

媳妇不过二十三。
还有个二小刘二胖，
十四五岁正青年。
天昭的老婆邢氏女，
年纪倒有四十三。
好地他有一顷二，
压迫穷人罪滔天。
虽然农会把他斗，
对他处理倒算宽。
好地留下二十亩，
还留一所好庄院。
全家应当来感谢，
不该去当“还乡团”。
人不见黄河心不死，
家不被害心不甘。
中央军把菏泽占，
小留群众不得安。
全村开了个动员会，
空室清野防汉奸。
青年男女要躲避，
蒋军来了不好玩。
曹县抓兵无其数，
许多妇女被轮奸。
大家听了很害怕，
唯有邢氏很喜欢。
人家都逃她不走，
大家把她劝一番。

“叫你家小孩躲躲吧!
你没听南边逃难的把信传?!”
邢氏说着洋气话,
就向农会瞎胡言:
“听这飞机丢炸弹,
听这大炮响连天。
这打仗就是为的俺,
为的俺全家把身翻。
谁在农会才有罪,
俺的天下在眼前。
俺小儿他爹回家转,
全家可过太平年。
他爷俩都在还乡队,
官官相护有牵连。
中央来了俺不怕,
我看着马上就变天。”
一片话说恼了小刘筒,
拦住邢氏问一番。
“你别想得这么好,
到时候就叫你作了难。
‘还乡团’管不了正规军,
进村就是一扫干。
把你的东西都拿净。”
邢氏说:“拿点东西我情愿。”
刘筒说:“把你的小鸡都吃净。”
邢氏说:“小鸡能值几个钱。”
刘筒说:“把你的犍牛叫驴都牵走。”

邢氏说：“牵走个骡子啥相干。”
刘筒说：“抓你二小当兵去。”
邢氏说：“拼上当几天‘还乡团’。”
刘筒说：“拉你的闺女媳妇搂着睡。”
一句话说得邢氏眼朝天，
她虽然没有说出口，
心里说当个太太也体面。
这本是邢氏心里话，
并没有说出唇外边。
她恼羞成怒破口骂：
“该死的刘筒瞎胡言。
等你大哥回家转，
杀你的狗头报仇冤！”
他二人正在胡吵闹，
机枪大炮响得欢。
全村群众都逃走，
刘天昭全家在家院。
娘俩都把丈夫盼，
全家回来好团圆。
谁料想“还乡团”本没有胆，
军队在前他在后边。
五十五军把小留进，
大街小巷胡乱窜。
翻箱倒柜找八路，
所有的东西都抢干。
有一些群众没跑掉，
被他们赶到一个院。

逼着给他们挖工事，
又搬门板又搬砖。
满街上打得小鸡吱吱叫，
杀猪宰羊闹翻天。
谁不顺眼用枪打，
见了妇女就强奸。
集上的买卖也抢净，
又抢酒来又抢钱。
全集上受害咱不表，
单表邢氏在家院。
她见军队到集上，
一家大小笑连天。
闺女媳妇快烧水，
二小赶快去拿烟。
一会儿军队到她家，
邢氏迎接把话谈。
“各位老总都来了，
盼你们盼得眼睛干。
俺儿当着‘还乡队’，
他爹也当‘还乡团’。
一家人不说两家话，
快喝水来快吸烟。”
众老总一听这些话，
心坎眼里很舒坦。
怪不得老婆这么好，
她的人当着“还乡团”。
厨房门口往里看，

里边有两个女少年。
闺女不过十八九，
媳妇二十有二三。
众老总越看越对眼，
兽性大发歹心安。
班长本是好色鬼，
心生巧计把脸翻。
一声喝住老婆婆，
“不要拿话来哄俺。
听说你儿在八路，
家里哪有‘还乡团’？”
说着就把上房进，
翻箱倒柜胡乱翻。
各个屋里翻一遍，
细软东西抢个干。
邢氏一见事不巧，
这些老总不认咱。
忙吩咐闺女媳妇逃走吧！
再等一会儿不好玩。
闺女媳妇才要走，
一齐上前把她们拦。
班长拉住她闺女，
上房以内把门关，
一个拉住她媳妇，
拉进东房去强奸。
剩下的围住老婆婆，
拉住邢氏胡乱翻。

这个说“赶快给我买鸡子”；
那个说“赶快给我买洋烟”。
邢氏正在为难处，
听屋里哟哟哟惨叫唤。
邢氏被迫出门外，
见二小拿烟转回还。
邢氏接烟心头恼，
气得倒在地平川。
二小不知怎回事，
只得到家去看看。
一进二门就听见：
两个屋里闹得欢。
当兵的高兴得嗷嗷叫，
听着他姐姐哭连天。
这个说“班长出来快换我”，
那个说“大家都得欢一欢”。
二小一听事不好，
脚尖一磨回门前。
见他母亲噘着嘴，
自己一阵心里酸。
听家中争夺轮奸嚷成一片，
是谁能救救这个烂局面。
事不凑巧没有趣，
刘天昭跟着大儿回家园。
他知道军队到集上，
爷俩回家要看看。
出菏泽迈着四方步，

不觉来到大门前。
看见老婆噘着嘴，
二小低头泪涟涟。
心中不知怎么回事，
只得上前问一番。
“军队来到咱门上，
你娘俩为啥不喜欢？”
邢氏一见丈夫到，
又急又恼把话言，
“提起你那好军队，
现在咱家整一班。
东西抢个干干净，
又要鸡子又要烟。
要啥东西都不恼，
最可恨闺女媳妇被轮奸。
你赶快回家看一看，
咱闺女哭得真可怜。”
刘天昭一听瞪了眼，
他的大儿也无话言。
爷俩瞪了大半晌，
觉着这事怪丢脸。
再说到家问一问，
还恐怕军队不认“还乡团”。
再说不问这件事，
闺女媳妇被轮奸。
邢氏催着：“快去吧，
孩子的痛苦你不知端。

一个两个还可在，
那多人孩子怎么缠？”
刘天昭处在两难地，
他大儿一阵怒冲天。
吼的一声：“我要去，
欺负我家怎算完？！”
抢步要到家中去，
眼看就是乱子出。
提住弦子歇歇板，
这回书说到这里就算完。

（《人民日报》1947年1月1日，《人民副刊》）

蒋 军 怕

手榴弹，不算大，
蒋军窝里常开花；
八路军用它攻和守，
蒋军见了最害怕。

手榴弹，冒黑烟，
蒋军见了往回颠，
摔下美国枪和炮，
抱头鼠窜催“快点”。

手榴弹，真算话，
打得蒋军叫爸爸，
成群蒋军被吓跑，
报告官长“不得了”！

（《人民日报》1947 年 1 月 5 日，《人民副刊》）

人吃土、土吃人

——蒋管区民谣选之一

这些民谣，在蒋管区湖南省滨湖，特别是湘西一带流传着。

哈巴狗，
跟官走，
官打屁，
快张口；
特务头，
到处有，
不讲理，
好动手。

口口声声说民主，
我偏唱个主不民，
拿粮上税样样全，
年年租钱还不完。

世界不太平，
在家少出门；
三更查户口，
祸从天上临。

人吃土，土吃人，
种粮不是吃粮人，

饿死百姓无人问。

听说上边来了米，
夫妻大小都欢喜，
受苦受难五个月，
树皮草根没得吃。

总署发一斗，
县府扣三升，
区长镇长打六折，
保长甲长不给剩。

（《人民日报》1947年1月5日，《人民副刊》）

蒋区学生大罢课（时事新快板）

金钢声

老乡们，快快传：
美国鬼子兵欺侮咱；
各地学生起来了，
罢课游行闹翻天。
圣诞节，前一天，
两个美军撒了欢，
等在电影院门口，
一心要把中国女人玩。
姓沈的，女学生，
独自离开电影院，
两个野兽赶上去，
一左一右把她拦，
拉到操场树林里，
轮流替换来强奸。
有人见到不敢管，
报告警察也不动弹，
美国宪兵请来到，
一个抓到一个窜。
可怜那十七岁的沈姓女，
昏迷不醒泪涟涟，
若问她住啥学校？
北京大学先修班；

事情出在哪一地？
北平城里靠近东单。
这些美兵哪里来？
老蒋磕头把他搬。
老乡们，想想看：
怎不叫人怒冲天！
怎不叫人怒冲天！

北平学生怒冲冲，
决定示威大游行。
蒋家政府心惊怕，
命令校长压学生；
学生不管这一套，
腊月三十把课停。
三万多人排大队，
吼声震动北平城。
叫老乡，你听听，
口号喊得多么凶：
“美军滚出中国去！”
“行凶的兽兵要严惩！”
三万条臂膀一齐挥，
四人一排一阵风，
小传单，大标语，
贴到美军总部大门中。
一辆美军吉普街上过，
马上贴成个花纸灯。

电报打到美国去，
不撤美兵那不中！
从北平，到天津，
上海、杭州到南京。
大学生、中学生，
男学生、女学生，
一齐起来抗议、示威、游行把课停。
包围天津市政府，
过年的宴席摆不成；
上海学生提得好：
“抵制美货”要实行；
南京包围美使馆，
书面质问斯徒雷登。
老蒋一见心害怕，
下令不准把报登。
禁止游行不准闹，
好像强奸他很欢迎。
又派特务学生狗，
说那女生不正经。
大学教授也怒恼，
主张开除狗学生。
一九四七元旦起，
学生运动热烘烘。
先锋总是学生打，
跟后起来各阶层，
轰轰烈烈来响应，

一齐要赶走美国兵。

反对老蒋把国卖，

独裁的天下他坐不成。

独裁的天下他坐不成。

（《人民日报》1947年1月7日，《人民副刊》）

金色头发翘耸耸

——苏联爱国自卫战争诗选之一

列白杰夫·库马赤 作　林陵 译

爱国自卫战争需要诗，可是战争的诗是不容易写好的。我们从本期起，陆续介绍几篇苏联爱国自卫战争诗的杰作，作为楷模，也作为启发，希望有更多歌颂我们自卫战争的好诗出现。这些诗选自《苏联卫国战争诗选》（上海时代书报出版社版），但为了便于传诵，我们在文字上加了一些润色。

我们的海军中队里，
来了一个新弟兄，
他的脸上满是雀斑，
金色头发翘耸耸。

这家伙说话不洪亮，
个子不高肩不宽，
应该说一句老实话，
样子实在很难看。

上过火线的水手们，
大家看了叹口气：
“新兵，怎么这样糟糕，
不是丘八，是小鸡。”

他没有喝过咸海水，
也没看见过炮火……
他见了枪子和炮弹，
准得跪下把头磕……

过了一天海军步兵
去作激烈的战斗——
奉令到重要公路上，
去把德军全打走。

你真想不到，那小鸡，
金色头发翘耸耸，
在进攻中竟表现出
是个水手真英雄！

他打翻十来个德国兵，
领头跳进了战壕，
我们看——这家伙真行，
分明我们的同道！

战斗一过，我们大伙，
一片纷纷谈论声：
“不是小鸡，他是小鹰！
不是小鹰，是大鹰！”

我们一看，这位伙伴，

金色头发翘耸耸，
好似立刻高了一尺，
看来十分地英勇。

雀斑已经看不出了，
举止也好看得很……
你得知道，这就叫作
真正的战斗精神。

（《人民日报》1947年1月7日，《人民副刊》）

不识字的王小三

刘勒

俺村里有个王小三，
在街上摆着个杂货摊；
只因他睁眼瞎子不识字，
记账要账净闹稀罕；
有人买了他五个鸡蛋，
他就在账本上画了五个圈；
后来人家还了账，
他就在圈上拉了一条线；
到了年底他又要账，
硬说人家欠他一串糖葫芦钱。

（《人民日报》1947年1月7日，《人民副刊》）

歌　　谣

劝蒋军

鸟向明处飞，
人朝活路走；
不做美国奴，
不当蒋家狗；
站到人民这边来，
放下武器是朋友。

扒铁道

扒铁道，起铁板，
拔下个道钉打火链；
火链火链冒火星，
管叫老蒋运不走兵！

（《人民日报》1947年1月10日，《人民副刊》）

范筑先将军墓前

田兵

作者田兵同志，在一九三八年聊城沦陷前，曾任范筑先将军机要秘书，与范将军困守聊城。聊城失陷后化装逃出。现参加前线记者团工作，此诗即为作者随我军光复聊城，亲谒范将军墓后之作。

——编者

是公平裁判的时候，
人民的仇恨一日不消，
罪魁祸首永远难逃。
碧绿的麦野之上，
追击的勇士正在纵马奔跑……

★★★★★★

一别九年，司令啊！
你所称赞的青年人回来了。
但是，已经看不到你，
看不到和蔼慈祥的老将军了，
看不到繁荣的聊城了，
聊城，多少荒凉的墓啊！
你的墓前是万寿观，
墓后一片荒坟，
漫着新鲜的白草。

★★★★★★

我们祭奠你，
站在你的墓前，

我默默地哭了！
国民党借刀日寇，
杀死了这位年老的英豪。
你像一只民族的老牛，
共产党帮着你耕开了祖国的大地。
十万爱国的健儿，
高高举起“良心抗战”的大旗，
卖国的人，总是胆小、恐惧和嫉妒……
国民党说“山东红了半个天”，
急忙收买了你的参谋长王金祥，
暗暗地布下了罪恶的罗网。

★★★★★★

那时候，我们都蒙到鼓里，
虽然有时候也知道蛛丝马迹，
但因为我们是中国人的脑子，
总不会料到。
敌人兵临城下了，
你那么沉着镇静地
派王金祥出城指挥，
他却站在北门外的大堤上，
笑哈哈地看敌人的炮火，
笑哈哈地奚落我们无知。

★★★★★★

那夜，那悲凉壮烈的夜啊！
张郁光同志（政干校校长）姚第鸿同志（政治部主任）和你，
我们几个人愤怒哀痛地面面相对，
郁光同志说：“与其城破，不如冲。”
第鸿同志也说“冲”，

大家都说“冲”，
只有你司令紧皱着眉头，
一字一字地说：
“你们想想看，
聊城四面环水，
只有四门可通，
敌人用火力封住了，
冲总是不安全的。
我老了，死不足轻重，
你们都是有为的青年，
我能叫你们陪着我死吗？
王金祥想到老头我还撇在城里，
能不来救吗？
你们听一听，
一会儿会有救兵的枪声。”

★★★★★★

司令啊，那时候我们把耳朵伏到地上，
恨不得把毛孔都变作耳朵，
去听那边村里有没有枪声，
可是，听彻了一九三八年十一月十四日的黑夜，
只听得秋夜凄凉，
只有落叶敲着秋风，
大炮隆隆地响，
炮火正烧的满天血红。

★★★★★★

第鸿同志愤激地说：
“王金祥早把我们卖了，
还盼什么救兵？”

司令，你没有说什么，
只是长叹了一声。
我知道你心灵的悲痛，
你是在想："我们良心抗战，
吃窝窝头，
穿粗布衣，
赤胆忠心，
捍卫祖国的土地，
为什么会遭到算计！"
司令啊！我们常用良心去感化一切，
哪知道王金祥只披着人皮！

★★★★★★

司令啊，和你一分手，
就成了永远的别离，
那是一九三八年十一月十五日上午十时，
你和第鸿同志到东门督战，
我和郁光同志、路子恒同志（手枪营长）坐守在司令部里，
午间聊城完全陷落了，
猛烈的巷战一直搏斗到黑夜，
街上淌着人血，
房檐上淌着人血，
就在那天晚上，
你举枪对着自己的胸膛，
三呼"祖国万岁"，
和人民长远地告别了。

★★★★★★

你是这样死的，
而日寇汉奸却又替你修建坟墓，

杀人犯假装着令人恶心的“虔诚”，
想用涂满血腥的双手，
掩盖天下人的耳目。
可是血手捺不住人心，
鲁西北五百万人民的心里，
早已刻好了碑文，
杀害你范筑先将军的刀子，
是国民党借于日本。

★★★★★★

不论风雨饥寒，
你常说的青年、孩子，
都在坚守着用血和着泪创造的土地。
九年来炮火如一日，
黄河两岸上的风沙，
吹老了当年的孩子，
帮助你的共产党没有走，
追随你抗战的同志们都没有走，
大家争取着这个公平裁判的时候。

★★★★★★

当日寇投降的时候，
都指望罪人就审，
谁想当今的“朝廷”，
就是罪恶的主人。
罪人加官晋爵，
聊城人民继续领受着罪人的孽绩。

★★★★★★

今天为范司令报仇的人民军队，
解放聊城了，

我们奠祭你。
我站在你的墓前，
热泪横流。
是公平裁判的时候，
人民的仇恨一日不消，
罪魁祸首永远难逃。
碧绿的麦野之上，
追击的勇士正在纵马奔跑……

一九四七年一月六日夜于聊城

（《人民日报》1947 年 1 月 10 日，《人民副刊》）

春　联

自本刊提出征求春联后，连日来收到应征稿多件，兹选择约十联发表于此，以供选用。

——编者

除旧岁送走受罪日子
贺新春迎接快乐时光

节衣节食巩固翻身饭碗
参军参战保卫胜利果实（肖健）

填平补齐辞旧岁
精耕细作迎新年

人人劳动发家致富
家家生产谷米满仓（芝蒿）

晋冀山河壮
鲁豫英雄多

生产线上有模范
自卫战场出英雄

鱼游水水养鱼鱼水和谐

军爱民民拥军军民合作（罗仑）

除旧岁摧垮旧社会
过新年建设新家务（冰）

闹罢翻身除旧岁
准备生产过新年

土地还家喜不尽
男耕女织庆有余

团结翻身拔穷根
互助生产栽富苗（小月）

翻身翻身翻透身
过年过年过好年

人人争作劳动英雄
村村做到耕三余一

刨穷根栽富根算账说理
穿新衣吃好饭苦尽甜来（萍）

除封建割尾巴硬要彻底
补窟窿填圪道务求公平（田）

爆竹一声旧社会永远完蛋
春风解冻好光景全靠生产（通言）

叹从前咽菜汤腊月三十老婆孩子诉疾苦
喜今日吃馍肉大年初一亲戚邻居话翻身（麟）

（《人民日报》1947年1月13日，《人民副刊》）

四　户　榜

——冀南宁南群众翻身诗歌

大周家庄 编

会员家户不一样，
四户榜上说端详。
谁要够上模范户，
人人赞成都夸奖。

模范户

模范家户不一般，
男人入农会，
女人妇会参。
男女孩加入姐妹儿童团，
劳动又生产。
开会早到，
发言当先，
全家心齐，
永远跟着毛主席。

落后户

落后户，
心眼精，
想吃肉，
又嫌腥，

顶个名字分点红。
嫌误工，
怕老蒋，
会员名义想洗光。
咱们劝他改一改。

被斗户

被斗户，
心不良。
疏散田地把财藏，
看见穷人恨得慌。
看见谁顺劲，
泼点迷糊汤。
被斗户，
你是听：
想再吃人那不中，
从今改过学劳动，
管保你能过安宁。

说零户

说零户，
道零户，
零户受单孤。
人家一开会，
他的气不服。
造谣言，

瞎嘀咕。
叫零户，
听明白：
不改过，
挂上牌，
零户牌，
门上挂，
好比脸上抹屁屁。
一出门，
一股臭。
大人小孩没人瞅。

（《人民日报》1947年1月16日，《人民副刊》）

元旦四绝

黄炎培

去年一月内战松，
今年战火北西东。
天干不见雪花白，
但见血花满地红。

去年一月政协开，
今年决议烧了灰。
借问将军马歇尔：
“将军究为何事来?”

去年陪都度新正，
今年首都谒先灵。
先灵地下唯痛哭，
哭了民权哭民生。

去年战后呼苦恼，
今年舆论换一套：
“居不得安食不饱，
死去还比活着好。”

（转载自元旦《文汇报》）

（《人民日报》1947年1月19日，《人民副刊》）

表　翻　身（快板）

梅村

俺名马春旺，今年三十三，
当了半辈子穷光蛋：
八岁殁了爹，十岁娘归天。
东流浪，西流浪，
没吃没穿为了“要饭”到处窜。
大户门上溜，小户门上串。
小户没啥要；
大户，狗咬，主人白眼翻，
恶声骂，大声喊，
唾沫星子淹瞎了俺的眼。
有一次，财主门上串，
门里放出两条狗，
把俺按倒腿朝天，
撕碎了衣裳，撕掉了肉，
财主在一旁哈哈笑得欢……

十二岁，给王拐子家把羊拦。
一天到晚不得闲。
东山走，西山转，
光着脚板没鞋穿。
圪针扎破了脚底板，
石头碰烂了脚指尖。
肚子饥，口里干，

十冬腊月穿单衫。
北风钻进皮肉里，
全身上下打战战。
羊儿喂得肥又胖，
主家硬说瘦成干。
不是打来就是骂，
时常不准把饭餐，
有一天，主人说羊没吃饱，
俺说：“你看肚子圆。”
狗日一听发了火，
一巴掌打肿俺脸半边。

十八岁，当长工，
马二爷家度过了十五年。
十五年，五千四百天，
星星没落就劳动，
星星出来才回还。
白天地里把活做，
到夜里，喂驴喂马不得眠。
累断了脊梁骨，
身上汗流干。
打下的粮食多似土，
摘下的棉花如雪山。
主家吃稠俺喝汤，
主家穿棉俺穿单。
年年到头把工钱短，
说是短下明年一起还，

掌柜不会亏伙计，
短欠给你上利钱，
一年一年赊下去，
到头来短下五年工钱没给俺。
跟他要，他翻脸，
反说俺穷疯讹他不长眼。

想起过往事，真使俺心酸。
多亏来了共产党，
秋天领导俺把身翻。
多年恨，一齐翻，
俺一家一家去串连，
诉了苦，申了冤，
算了血账，退了现钱。
还分到好地五亩二，
雪瓦楼房整三间，
黄牛一头、羊一只，
麦子一石五、小米八石三，
又有桌来又有柜，
单衣棉衣新崭崭……

九月里，菊花鲜，
俺红红火火把家安。
自由恋爱找对象，
娶了个老婆叫马秀娟，
手脚灵巧劳动好。
文化水准也比咱沾。

两口子，喜心间，
齐心合意种地又纺棉。

十月的太阳暖洋洋，
民主选举闹翻天。
俺老婆选进妇救会，
农会副主席选上了咱。
吃穿不愁成了家，
又当了干部站在人前。
东海岸升起一盆花，
花朵儿落到了俺家院，
毛主席恩德比天大，
俺一生一世要听他的话，
他说自卫俺去打仗，
他说生产俺下劲干，
打垮老蒋闹好生产，
咱翻身的日子才长远。

（《人民日报》1947年1月22日，《人民副刊》）

拥护军属（歌谣）

李帆

锣鼓敲，秧歌跳，
拥护军属好热闹，
背的口袋担的挑，
一伙子男女过来了。
张大叔请来了，
又请来李四嫂，
王大伯、马二婶，
军属排成一条条。
妇女学生排成排，
举行敬礼喊口号，
村长就上前边跑，
担子就往面前挑。
猪肉割了一篮子，
白面□□一大挑，
票子数了一沓子，
外带白菜和粉条。

张大叔、李四嫂，
你送儿子去参军，
你劝丈夫把名报，
保卫咱边区有功劳，
你不要礼物谁来要？

这不是往年送人情，
这是咱群众心一条！
说得军属们满脸的笑，
满脸红光满脸笑，
就把礼物往回抱。

光荣的牌牌门上挂，
又像是一朵牡丹花门前开，
又像是一杆红旗门前飘。
光荣的牌牌村村挂，
又像是鲜花遍地开，
又像是红旗满天飘。

（《人民日报》1947 年 1 月 22 日，《人民副刊》）

母亲的嘱咐

——苏联爱国自卫诗选之二

[苏] 符尔共

为了保卫祖国，英雄出发去长征，
地头上的霞光火焰一样红……
青年的胸中狮子样的心要迸，
吹来了山风轻轻吻英雄……
白发母亲张开手来把他拥抱，
她忍住了满眶的眼泪抱起亲生，
她把卫国的英豪双手抱起，
紧紧地压在自己的怀胸……
“你要跟敌人打仗啦，我的孩子，
为亲爱祖国的伟大光荣！
啊，儿啊，我真高兴，用我的奶，
给祖国喂出了一位英雄……
杀敌人要有技巧要下绝情，
你打他们要打得又狠又重！
要把自己的战马好好照料，
把枪支像宝贝一样爱敬。
战士的武器要保护得好，
用着时才做得出惊人举动……
好骑手总要是当先飞跑，
打猛仗给国家增加光荣！
咱这块都记得夏伯阳跟那奥格柳，（注一）

你也要做得像他们一样英雄。
要是你碰见了斯大林——无论如何，
替我问好祝他的身体康宁！
一等到咱们果园里桃子熟了，
我就把它当礼物寄你手中。
你只顾打敌人，像小狮子，
打一次又一次不要放松。
当心着，可不要不到时候就摔倒……
祝你一路平安吧，不久重逢……”
骑师纵马奔，太阳高高升，
山头儿抖一抖，让出条路程……
她在儿子背后泼上一捧水，（注二）
望着他背影高傲地笑盈盈……
诗人高声颂扬着，上前把她的手来亲：
“光荣啊，祖国和母亲，真光荣……”

（注一）夏伯阳和寇·奥格柳，苏联内战时的游击队英雄。

（注二）泼水送别是俄国人的习俗。

（《人民日报》1947年1月25日，《人民副刊》）

贺徐老寿

田汉

去年底，上海中共联络处设宴欢迎张澜，并祝徐特立、沈钧儒二老寿。田汉先生即席作了这首诗概述徐老生平。田是徐老所办长沙师范的三载门生。诗中所说“亦有师所弃”，系指忘形于伪“国大”中的某党代表。当日曾为徐老开除，因怜其才，介绍入长群中学。又句“一片外婆心”，系因当年徐老任教育厅长时，某校一女生与男生恋爱，在校生一子，徐老不深责，反购物照料母子，使在封建社会的辱骂之中，得以存活，人们送他个外号叫“徐外婆”。他如“司鼓吹”指任中央宣传部副部长，“皖陶”指陶行知先生，都是大家晓得的了。

懋师人中圣，
乃产卑湿地，
二十村学究，
三十有大志。
断指争国会，
食肉惊民意。
辛亥创长师，
艰难尝已备，
始在化龙池，
再营沏潭寺，
人才相继出，
高风良未坠。
当时及门人，

亦有师所弃，
今方假民主，
卖身干禄位！
四十赴欧洲，
初习横文字，
角逐少年场，
发愤忘眠睡；
归来报祖国，
革命正火炽，
伤哉桃李花，
十中死三四；
一片外婆心，
满腹哀时泪，
愤然投烈火，
举起人民帜。
仓皇入莫京，
风雪炼卓识；
五十学游泳，
自谓得奇攻，
愈觉生命强，
不信有难事。
六十参长征，
七十司鼓吹，
但为解放战，
不知老将至。
湘徐与皖陶，

教育之双瑞，
陶死徐虽老，
犹能兼人食，
学生遍天下，
春风吹无被。
寒极暖亦近，
雪深柏弥劲，
海上举金尊，
共为老人醉。

（《人民日报》1947年1月28日，《人民副刊》）

孩子们的标语

王南

推开一堆一堆文件，
我在孩子们玩耍的地方闲走，
村西边的太阳照热我的脸，我的手。
一扇刷红的墙（五年前给日本人烧垮的），
像春天蜗牛走过的脚印样，
有孩子们用粉笔写上去的字。
字架子那样幼稚，
像他们的年纪；
每一横每一竖都写不稳，
像小孩好动的小眉毛小鼻子。
在横三竖四的“打倒日本帝国主义”的旧标语当中，
我发现一条新的。
是孩子们回家吃饭以前刚写上的吧，
粉笔字在太阳光里显得耀眼的新鲜。
鉴赏小孩们这个庄严的工作，
笑，从心里飞上我的嘴边，
他们这样写着：
“蒋个石，我们一定粉碎你！”
姓名给小孩写成“蒋个石”的那个人啊，
你没有丝毫理由恼恨这样的孩子：
眼前，虽然还有最无耻的中国人，
把给你帮凶当作光荣，

明天，就是你自己孩子的孩子，
都要不承认你是他们祖先了！
在小学校的历史课堂上，
他们要用小拳头敲打着桌子，
怒骂你这个“蒋个石”，
像石敬瑭（儿皇帝）的子孙恨石敬瑭，
刘豫的子孙恨刘豫，
秦桧的子孙恨秦桧。
(啊，从古以来，哪有一个人
承认过自己是你们这一流人的后代!)

（《人民日报》1947 年 1 月 28 日，《人民副刊》）

小春秋

梦想——
一家天下，
故有——
二中全会，
虽成——
三人小组，
也算——
四强之一，
一张——
五五宪草，
弄得——
六亲乖离，
本来——
七窍不通，
硬要——
八面充人，
弄得——
九省倒霉，
结果——
十分不满。

（转载自天津《大公报》）

（《人民日报》1947 年 1 月 31 日，《人民副刊》）

与前大不同（翻身歌谣）

长治市一区通讯小组

在去冬深入彻底的填平补齐运动中，群众的思想觉悟更加提高了。在斗争中，选出了真正为他们所爱戴的群众领袖来替他们办事。下面是长治老百姓的翻身歌谣《十不同》中的两段。

从前地主住的房，
四梁八柱七十二根椽，
顶底灰砖洋式装，
威风杀气响叮当。
谁知穷人住的破伞叉，
黑夜没灯透月光。
现在世界翻了天，
穷人住上了砖瓦房。

从前街长放个屁，
下边跑腿沉不住气，
有心向上把禀奏，
小民哪敢强出头?!
现在民选新街长，
相互批评真经常，
谁有错误谁接受，
大小干部都一样。

（《人民日报》1947年2月3日，《人民副刊》）

蒋军士兵之歌

齐语 辑

一个多月以前蒋军尚未过黄河占领我濮县清丰一带时，在蒋军第五军中流行着许多歌谣，其中有一首是：

宁肯往南走一千，
不愿往北走一砖，
誓死不过老黄河，
誓死不进太行山。

蒋军士兵们都以为过了黄河，开进太行山，只有去的路，没有回来的路，这首歌谣充分透露了蒋军厌战的情绪。

最近有一首是：

一诚（陈诚）不如一诚（刘伯承，蒋军多写作刘伯诚），

五刘（刘峙、刘茂恩、刘汝明、刘汝珍、刘广信）不如一刘（刘伯承）。

这首歌谣也说明蒋军士气低落，对内战前途悲观，而怨其长官无能。

另外，还有三死（师）（第五军共有三个师）之谣：

一、行军拖死（军官行军坐汽车士兵地下赶路）。

二、挖工事累死（蒋军每占一地先挖工事）。

三、让八路军打死。

他们为了逃脱死亡的命运，于是又有一首找出路的歌子：

中正不正，
待遇不同；
要找出路，
找毛泽东。

（《人民日报》1947 年 2 月 3 日，《人民副刊》）

太原社会相

伟建　林彬

说这多，道那多，阎家丑事特别多；
宪兵多，警察多，满天飞的特务多；
监狱多，刑法多，半夜活埋的人儿多；
小圈多，大圈多，花样翻新的组织多；（注一）
官僚多，太太多，“政府”机关汉奸多；
专员多，县长多，流亡的空头机关多；
打骂多，逃跑多，军队、工厂里日本人多；
投井多，上吊多，“兵农合一”逼死人多；
“子理”多，“母理”多，法西斯怪论多；（注二）
妓女多，破鞋多，女招待在饭馆里多；
流氓多，地痞多，小偷还比老鼠多；
垃圾多，大粪多，逃亡地主埋藏的多；
料面多，大烟多，跪街乞讨的老头多；
市场多，游资多，囤积居奇的官商多；
口红多，脂粉多，美国货在商店里多；
杂税多，苛捐多，市民出的款子多；
酒肉多，宴席多，饥寒交迫的穷人多。
穷人多，不能活，“老朽”的日子你有几多?!

（注一）“小圈”“大圈”，是阎的特务封建组织。如同志会为“大圈”，敌工团是其中的一个“小圈”，而“小圈”中又有“小圈”。

（注二）“子理”“母理”，是阎锡山的汉奸理论。如说“求生存”（即让他永远当土皇帝，保持封建统治剥削）是“母理”，不可变；“抗日”是“子理”，可变；为了“求生存”，无妨与日寇勾结，出卖人民打八路军。

（《人民日报》1947年2月6日，《人民副刊》）

一 百 个 头（快板）

黎木

说个头、道个头，
台上台下净人头，
同志们坐在台下头，
我是站在台上头。
愿听的低下头，
愿看的抬起头，
不愿看的扭过头，
听我来谈谈卖国头：
将字上面草字头，
二人站的是石头，
顶着一颗光秃头，
他是中国的反动头。
八年抗战要滑头，
叫他的队伍把敌投，
他身为全国的军阀头，
他还想当个专制头。
反共反人民在前头，
剥削人民老财头。
坐飞机到关外头，
急忙又回到关里头。
他一天到晚忙到头，
又作揖来又磕头，

请求几个美国大洋头，
站在中国的头上头。
他又召集反共军官头，
问声内战哪个在前头。
军官们个个都低下头，
明知打八路吃苦头，
八路军捉过多少大头头，
所以谁也不敢上前头。
把蒋介石弄在气上头，
手枪拿在手里头，
谁要不给我上前头，
要按军法从事杀你们头。
十月三十号太阳落山头，
刘汝珍部队进至鄄城城南头。
刘伯承将军抬起头，
看看地图点点头，
一道命令传下头，
队伍一齐扭回头，
干部前面领着头，
战士谁也不愿在后头。
打了不够十几个钟头，
捉住刘广信这个旅长头。
咱们一中队顶在正前头，
活捉三五五团的团长头。
从后面送饭来了个伙夫头，
担着饭桶跟敌人碰了头。

他丢下饭桶就把炸弹投，
敌人军官还不如做饭头，
爬到地下就忙磕头，
害怕杀了他的头。
打完这一仗队伍就转头，
一下就插到敌人心里头。
邵耳寨敌人旅长头，
正在布置队伍守前头，
谁知道八路军打到他的眼前头，
二中队主力攻东头，
三中队主力配合攻西头，
一共就有六七个火箭头，
各种炮火都出风头，
打得敌人不能抬头。
二、三中队的英雄冲破鹿寨攻过外壕头，
上梯子纷纷冲到村里头，
大米运了五个钟头，
都运到咱们的锅里头。
大炮拉了整五门，
都拉到咱们队伍里头。
四川马大洋马足足拉了三百多头，
鞍缰俱全还带皮笼头，
军官们昏了头，
太太们骑高头，
小少爷还在他娘怀里咬奶头，
一个个送到俘虏收容所里头。

韩村歼灭战捉住何冠三这个土匪头，
上官村歼灭战捕住两个旅长头，
这都是四个旅的敌人头，
光剩下两个空拳头，
这两仗打得国民大会也越开越没有劲头，
进攻平汉线的敌人缩回头，
鄄城、郓城群众又抬起头，
胜利消息传后头，
人人高兴点点头。
蒋介石，
你扭回头，
看看你的背后头，
全国人民要抬头，
都是你的死对头，
告诉你这个顽固头，
要是坚持独裁卖国内战不回头，
小心你那根臭骨头，
小心你那根臭骨头！

（《人民日报》1947年2月18日，《人民副刊》）

等待着我吧

——苏联爱国自卫战争诗选之三

西蒙诺夫 作　戈宝权 译

等待着我吧，我要回来的，
但是你要认真地等着……
等待着吧，当那凄凉的秋雨
勾引起你心上忧愁的时候，
等待着吧，当那雪花飘舞的时分，
等待着吧，当那炎热来临的日子，
等待着吧，当大家在昨天就已经忘记，
不再等待别人的时候。
等待着吧，当从遥遥的远方，
再没有音信回来，
等待着吧，当那些一齐等待的人都已经厌倦了的时候。

★★★★★★

等待着吧，我要回来的，
不要向那些认为
这应该是忘记我的时候的人们，
指望一些什么；
让孩子和母亲也相信，
我早已不在人间；
让朋友们等待得疲倦，
大家围在烛火的旁边，
共干一杯□味的酒，

来悼念我的灵魂，
等待着我吧，但你千万不要急忙地就和他们共干一杯。

★★★★★★

等待着我吧，我要回来的，
我要冲破一切死亡，
那些没有等待我的人，
让他们说一声："这是幸运。"
还有那些没有等待的人，
他们不曾了解在炮火之中，
是你拿自己的等待，
才救活了我的命。
我是怎样活过来的，
那时只有我和你两个人才知道——
这只是因为你，
比任何人都更会等待着我。

这是苏德战争中红军最爱好的一首流行诗，已由作曲家布朗杰尔谱成歌曲，根据此诗写成的剧本及电影即《望穿秋水》，有曹靖华译本。

（《人民日报》1947年2月23日，《人民副刊》）

斗　到　底（快板）

林县六区区干部 合作

老财们，手腕高，
假装穷人把饭要。
隐瞒地，埋现洋，
衣物财宝分散藏。
红文书，变天账，
快枪揭帖死不放。
老乡们，仔细算，
他要不拿怎样办？
怎样办，持久战，
不拿出来永不算。
永不算，一直干，
啥时拿出算完蛋、算完蛋！
地主们，真滑头，
拉拢干部拜朋友。
说媳妇，许高楼，
暗送纸烟请喝酒。
拉面条，肉浇头，
又给钱，又糊口。
美人计，把你装，
地主说得八面光。
造谣言，说变天，
叫你上了纸糊船。

同志们，快醒吧，
地主这样为的啥？
为隐地，为瞒房，
为隐资财和现洋。
剥削人，不还账，
不是为你没时光。
他欺骗，你上当，
群众起来不原谅。
叫同志，多思量，
切不要千日功劳一日□一日丧。
地主们，手腕高，
一见咱来哈哈笑。
他做事，他知道，
剥削人来不算了。
怕斗争，把物藏，
才来与咱好商量。
一条裤，二升粮，
小恩小惠把咱装。
假卖地，暗存粮，
包袱里边有衣裳；
有文书，有现洋，
还有子弹和快枪。
老乡们，想一想，
继续保存不妥当，
拿出来，真荣光，
群众拥护又表扬、又表扬。

老乡们，回头想，
从前过的啥时光。
租种地，半分粮，
拉官工来修盖房。
磨米面，洗衣裳，
挑水扫院四季忙。
走亲戚，不管饭，
阴天下雨管着堰。
抬银两，没个完，
派款买枪圈套咱。
放粮食，加五利，
还不起了，下庄地。
卖白面，把人坑，
庄产地土出弄净。
地主们，不支差，
逼咱穷人给他抬。
买壮丁，穷人难，
地主们，不计钱。
恶霸们，提手枪，
讹人打人奸姑娘。
剥削完，真可怜，
恰巧遇上灾荒年。
地主们，有存粮，
沤粪也不借咱尝。
吃白土，咽菜糠，
领着全家去逃荒。

由河南，到山西，
又挨冻来又受饥。
老乡们，回头想，
那时咱们多凄凉！
到现在，露晴天，
能报仇恨能申冤。
算算账，理应当，
要回这笔血汗账。
农民们，团结起，
要和地主斗到底、斗到底！

（《人民日报》1947年3月1日，《人民副刊》）

翻身妇女之歌

下面三个小调，是冀南宁县妇女群众在翻身运动中编出的，从这些小调中，可以看到今日解放区妇女的思想与感情，为纪念“三八”妇女节，特为刊出，以飨读者。

斗倒恶霸地主（十二个月调）

正月里来正月正，东陈的妇女属第一，大家团结一条心呀，叫声会员加紧干，个个会员做模范，哼呀唉哟，妇女今天把身翻呀哼咳。

二月里来春风飘，东陈的妇女做得好，五更起来半夜眠呀，吃苦耐劳她不嫌，不怕牺牲流血汗，哼呀咳哟，咱与地主把账算呀哼咳。

三月里来是清明，恶霸地主你听听，今天与你把理说呀，明天给你拉清单，然后再把账来算，哼呀咳哟，坚决向你把账算呀哼咳。

四月里来大生产，恶霸地主瞎了眼，剥削穷人数十年呀，睁开狗眼你看看，你再想剥削难上难，哼呀咳哟，如今的政府是青天呀哼咳。

五月里来麦稍黄，拉得恶霸叫了娘。叫声奶奶和大娘呀，绝莫上他的哭穷当，姑嫂姐妹一齐上，哼呀咳哟，和他彻底算血账呀哼咳。（东陈村妇女会 编）

一天忙（打东陈楼调）

一、厨房去造饭，进门先刷锅，锅碗刀勺拾掇利索，做饭卡柴火。咳咳哟得楞登层，做饭卡柴火。

二、早些去做饭，早些去做活，伸手抄起织布梭，每天两丈多。咳咳哟得楞登层，每天两丈多。

三、白天去织布，越晚越有活，炕头上放着个纺花车，一纺纺到半夜多。咳咳哟得楞登层，纺到半夜多。

四、不怕劳和苦，纺花织成布，织成布了缝军装，送到咱军队上。咳咳哟得楞登层，送到军队上。（赵庄妇女会 王二娥 杨桂经合编）

妇女要和毛主席一心（穷人乐调）

同胞们，众姐妹，真呀真受气，从前的社会太不良呀，他们压迫妇女赛虎狼。唉呀唉唉哟，他们压迫妇女赛虎狼。

大姑子，婆母娘，狠呀狠心肠，她们吃饭叫俺喝汤呀，这事提起来就泪汪汪。（重句）

丈夫呀，不清洁，闲呀闲事多，他听别人的挑拨呀，半夜三更回家打老婆。（重句）

共产党，八路军，好呀好政策，领导咱们妇女翻了身，记住咱和毛主席一条心。（重句）（小马村 编）

（《人民日报》1947年3月7日，《人民副刊》）

前线服务见闻

相臣

家住解放区，服务到前方。
顽军曾住村，到处实堪伤：
离村四五里，均是秃光光；
腰高树桩桩，枝头扎做墙；
走到村头起，碉堡矗两旁；
纵横作战壕，门板盖顶上；
临街住宅院，大门全堵挡。
回转好大会，找到进宅巷；
家家相通连，串门极便当。
转弯又抹角，一翁立巷旁。
没等我发问，立即泪两行：
“同志你来看，屋门全摘光，
有的盖战壕，有的入烤场。
牛羊和鸡犬，填进‘中央’肠。
箱倒柜儿开，说找共产党，
衣服和财物，件件一扫光。
谁若讲讲理，耳光打得响。
妇女被奸淫，丑恶没法讲。
见了青壮年，强迫把兵当，
口吐一不字，说是共产党，
托枪向着你，就要把命伤。
亲尝‘中央’味，认清贼老蒋，

‘中央’号遭殃，名称极恰当。
我年已古稀，不能上战场；
这是我孙孙，略长把兵当。
参了八路军，加入共产党，
一定报仇冤，消灭贼老蒋！”
翁言话至此，哽咽不能详。
我也没言语，略作安慰腔。
通过好些家，屎尿极肮脏；
屋内和院里，全都是一样。
不觉暗落泪，饮食也不想。
如今已两周，犹记不能忘。
写出登报端，告知众老乡。

（《人民日报》1947年3月10日，《人民副刊》）

延安街头诗选之四

再上前线

闹革命，打日本，
咱们都是好汉。
去年咱才脱下军装回家闹生产，
我的谷子黄满山，
狗日的竟想来强占，
放下锄头归队去呀，
给卖国贼个颜色看！（亚）

枪

这杆枪是我的枪，
我的命在枪身上，
凭它要和顽固干一场！
背上枪，上山岗，
各处放哨保家乡，
顽固你敢来进攻，
我一颗子弹要换一条命！（马佐平）

（《人民日报》1947年3月13日，《人民副刊》）

安阳蒋管区民谣

原馨山 摘录

一

八路军来了救我们，
遭殃军（指中央军）来了害我们；
八路军在时合理负担，
遭殃军来了恶霸特务地主都不摊！

二

遭殃军占了土，
粮款猛如虎，
倾家都不够，
还要扣人补。

（《人民日报》1947年4月15日）

丁秋秋班赶送战饭

复正

丁秋秋是泰山部的一个炊事班长，赵家场战斗时，亲往火线送饭，并参加突击组，被选为特等工作模范，他的事迹详见《太行文艺》杂志三卷二期。现在他正努力创造一个模范班。

——编者

当英雄，真不易，
手得勤，心得细；
不光自己干得好，
还要推动别人把功立。
真正的英雄不多见，
我把丁秋秋故事提一提：

打下赵家场庆胜利，
泰山部又把英雄比，
英雄模范数谁好，
数着秋秋是第一。
英雄会上受奖励，
奖品得有一簸箕，
毛巾、袜子、铅笔、肥皂样样有，
还有那模范牌儿亮亮的。
模范牌他保存起，
同志问他为啥哩？

他说道：

“一□头开不了满山荒，

一个巴掌怎能拍响哩？

光荣本是全班的事，

工作是大伙搞成的，

推动全班都立功，

齐把牌牌戴上去。”

丁秋秋带着奖品回，

到班就找老马兄弟，

叫声：“守福同志快来看，

这条毛巾密不密？”

老马抿嘴嘻嘻笑，

连说：“班长你真光荣哩！

这毛巾又白又软又细密，

好好把它保存起。

这是英雄的好标记！”

秋秋连忙开言道：

“干工作你最积极，

这条毛巾送给你。”

老马一听心里急，

忙说：“哪能要你的，

这是你的光荣奖，

我用我再去买去。”

秋秋不听他言语，

到底拉拉扯扯送了礼。

回身又忙叫老李：
“这双袜子你穿去！”
剩下肥皂和铅笔，
又给老周老岳送了去。

分罢奖品开个会，
秋秋又忙把话提：
“打老蒋，去杀敌，
为的百姓不受恶霸欺，
全班怎样搞得好，
大家多想好主意。”
同志齐声说同意，
争着都把意见提。
这个说：
“保证不做生菜饭。”
那个说：
“保证开水按时给。”
还有人要学丁班长，
饭菜送上火线去。
你积极我更卖力，
一个跟着一个比。

有一天，
日头偏了西，
饭菜要送到阵地里，
秋秋正想担上走，

周春生拉住他的衣，
“班长害眼看不清路，
有我和老李不用你！”
说着抢过杠子桶，
抬上全□的热米饭，
呼扇呼扇跑头里。
事务长担上菜，
跟在后面走得急。
一路说来一路笑，
转眼到了目的地。
战士闻见香味眯眯笑，
连夸老周和老李。
饭锅刚刚地上放，
忽然奉命挪阵地，
唰啦啦全连转移走，
送饭的仨人直叹气。
“同志们，
啥时能够吃上饭？”
“同志们，
忍饥跑路使不得。”
越思越想越不忍，
抬起饭菜撵上去。

不管那
上坡下坡不好走，
不顾那

连长喊他们往后去，
越跑越快心越急。
饭锅抬到顶前头，
一个一碗盛得急。
这时候
日头沉得没了影，
四面都是黑漆漆。
他仨人
呼扇呼扇窜得紧，
呼呼喘喘透不过气。
过大坡，下凹地，
一脚高，一脚低，
队伍走着他们又撵，
直到饭没剩一粒。
同志们吃得饱又饱，
他仨人累得汗直滴。
阎排长，心里感动直夸好：
“行军吃饭真稀奇，
当兵十年头一次见，
咱们要：
多杀蒋贼把功立！”

（《人民日报》1947年4月19日）

魏大娘和她的军歌

沈容

范县城里有一位不识字的魏大娘，今年六十五岁了，她创作了许多快板诗歌，经常给人念唱。去年蒋军开始大举进攻解放区的时候，她唱道：

八路军，好德行，
打倒老蒋得太平。
老蒋卖国打内战，
苦了庄稼老百姓，
受尽鬼子几年气，
直到如今没和平。
大庄小村来开会，
家家户户出民兵；
老部队来领着打，
带着大炮向前冲；
男女老少齐下手，
杈把扫帚拿手中；
男的前方去打仗，
后方工作妇女担承，
老妈妈，不中用，
烧茶烧水在当中。
八路军，来打仗，
打下一仗胜一仗。
拚命流血和他打，
打倒老蒋有和平，
有福都叫大家享，

太平年月喜洋洋。

魏大娘把她的这些作品叫作军歌。因为她的大儿子参加八路军牺牲了，她说："我现在把八路军当作自己的儿子，我想念儿子的时候就编军歌。"

她的作品都采取现实的题材。今年一月底，蒋家第五军侵占了范县，但是仅仅住了一晚，做了一晚的恶，就给八路军赶跑了，魏大娘又编了一首歌，叫作《打得中央不能停》，她唱道：

老蒋卖地又卖民，派了人来闹哄哄，
派了军队来打仗，庄稼老少不赞成；
八路军，好威风，大炮小炮数不清。
先把汉奸打走了，打得"中央"不能定。
"中央"占了范县城，老百姓受苦一夜整，
说得不好要枪毙，再说错了要伤身。
吃了喝了不要紧，临走还把人来坑，
八路军来了诉怨恨，老百姓爱护八路军。
男女老少把他保，一众妇女把他捧。

她随时教唱，推动别人来拥护军队。最近经过范县，看见一群妇女围着她。她唱得很流利，抑扬顿挫，加上脸部的表情，配合手的动作，吸引了很多走过的妇女。来她这里学歌的人真不少。有十几里以外的娘们，也有妇女会的干部。军队路过，也有人来抄她的歌子。她每天就这样不疲倦地编着，教着。

她第一次编歌是在有一年的新年里，八路军在范县演高跷、唱戏，她看了很高兴，回去就编了一个歌，用的是"唱十二月"的老格调，大部分是描述解放区的和平生活的。现在越编越多，越编越好，已不拘什么形式了。

（《人民日报》1947 年 4 月 22 日）

破涕为笑（快板）

长沙部队 贺增德

九小队小炮班，遇见一个老太太真可怜，领了一对瘦小孩，房东家里来要饭，房东一见心头恼，“出去，出去”往外撵。

老太太开口来诉苦，对着咱们小炮班：“俺地没一垅，房子没一间，白天去要饭，黑夜纺线线，一年混到头，少吃没有穿，家中几口无办法，愁得老汉吊死在梁间……”说到这里双泪下，大家听了心眼儿酸。

小炮班长陈从富，低头不语到床边，包袱里拿出一条裤，叫声：“老太太听我言，这是一条便衣裤，修补修补还能穿。我们就是八路军，专帮穷人把身翻；打垮了卖国贼蒋介石，保护你老人家得平安。”

班长爱民如爹娘，两个战士受影响。徐得金和梁歪小，每人拿出衣两件，衣裳闹了一谷堆，擦干眼泪露笑脸。正要说着往外走，队长张祥林到跟前。老太太把事情说一遍，他一听到心肠软，立刻插手到腰间，给了老太太五百元。

老太太心中受感动，一面走着一面谈：“成天烧香又祷告，还是少吃没有穿。冬天要饭到外村，‘遭殃军’站岗把俺拦，野地里睡了一整夜，冻得俺浑身光打战。这会儿碰上八路军，又给衣裳又给钱，你们真是救命人，一辈子我也记心间！”

（《人民日报》1947年4月26日）

为了保卫毛主席

——战地诗叶

柯岗

行进在大风沙里

人民的兵团在行进，
夜的飓风突然来临，
沙尘漫天，黄河岸上的月亮失掉了颜色，
骑兵从马背上吹落下来，
兵士密封了眼睛，
战马竖起了长鬃，
炮车的轮子滞塞得不能转动！
可是，强大的兵团一刻也不停，
骑兵拉着马尾，
步兵臂挽着臂，
强壮的炮兵用双手推动车轮，
他们要战胜一切，
要穿过风沙去进攻——
为祖国、为自己、为了保卫毛主席。

家信

围墙之外三株嫩柳，两株翠柏，
还有一棵老杏树，花儿已经褪色。
就在这棵树下，
李乃池把他的重机枪妥当安排，

掩体已经做好，纵有三颗炮弹也能挨，
子弹已经上膛，扫清了射击障碍，
只要再有半点钟，攻击的命令就到来。
静寂，战地少有的静寂使他难耐，
他掏出家信看了又看，
又展开一张净纸，放在弹药箱上写起来：
“娘！毛主席叫咱翻身。
有房有地，我放心，
可是，我今春不能回家结婚，
蒋介石正在进攻咱毛主席，
他要夺回咱的房，咱的地……
我不能回去。
要她等着我，
到蒋介石跪在老百姓的面前发抖的时候。”

（《人民日报》1947 年 4 月 29 日）

高 险 亭

——战地诗叶

柯岗

高险亭羞羞答答归队啦，
全连只有一个人和他说了一句话：
“你想要小牛，老蒋想要你的头！”
从此谁也不理他。
连里天天有人这样唱：
“高险亭死落后，
听说家里翻了身，
偷偷回家看小牛。”

真奇怪，这回他听说保卫毛主席，人人要立功，
他也要求打冲锋。
他跑到连部：
“连长！这回叫我去砍铁丝网！”
连长摇摇头，笑一笑。
他又对住指导员：
“指导员！请你答应我去砍！
我借了一口铡刀，已经磨了两天！”
指导员答应了他。

真的，四月一号的夜晚，
只有他刀光一闪，

在敌人集团地堡的边沿，
层层的铁刺障碍全被他斩断。
第二天，人人伸着大拇指，
都说："高险亭真光荣！"
大家把他抬起来直往天上扔。

（《人民日报》1947年5月13日）

《人民日报》周年纪念祝词

刘子久

《人民日报》创刊后，
五月十五是周年。
报社发起来纪念，
征求读者的意见。
批评建议需内行，
办报俺是门外汉。
而今都兴说快板，
俺也来向有才大哥学一番。
各种精神食粮内，
报纸要占第一端。
发行多，传播远，
大小村庄都普遍。
消息灵，故事鲜，
天天出版不间断。
印刷清，文字浅，
识字男女都能看。
邮费低，定价廉，
花钱不多真方便。
每天看报成习惯，
不看就像没吃饭。
报纸好处说不尽，
它的作用更显然。
能教育，能宣传，

组织领导非等闲！
宣传教育的政策，
也在这里提一番：
宣传教育的目的，
加强团结与斗志。
在我人民解放区，
样样都是光明的。
若有个别的缺点，
也是美中的不足。
若拿优点比缺点，
好似沧海之一粟；
硬拿一粟作论题，
就是吹毛去求疵。
现在人民的缺点，
都应归罪蒋介石。
歌颂暴露何所择？
毛主席早已有指示。
歌颂意义是鼓励，
暴露目的是打击。
敌人应该受打击，
工农应该受鼓励。
应该鼓励的反打击，
敌人一定笑嘻嘻。
敌人为何笑嘻嘻？
笑我自己骂自己。
我说这话你不信，
《野百合花》有前例。

人民缺点如何办，
说服启发去教育。
等他自己觉悟了，
自我批评更有益。
人人都喜欢上进，
谁甘自暴与自弃？
优点大胆去表扬，
缺点相形易革去。
这种方式为甚好！
向着好的去看齐。
宣传教育些什么？
有理有利与有力；
有理就是讲政策，
有利好比分土地。
各种革命斗争中，
有力才能够胜利。
说话还需有节制，
保证言行要齐一。
只有那些法西斯，
吃饭专靠吹牛皮。
报在组织领导上，
等于许多巡视团。
传达上级的指示，
号称喉舌不虚传。
反映下面的意见，
如同玻璃镜一般。
每个运动决定后，

号召宣传它承担。
等到人人懂得了，
就会搞得热火朝天。
典型介绍效果大，
示范作用不平凡。
吸收总结传经验，
干群进步有根源。
各种劳模上了报，
个个好比中状元。
越鼓励来越加油，
推动工作更向前。
这种办法谁提倡，
毛主席来告诉咱。
报纸内容何为主，
因时因地有变换；
当前中心三件事，
打仗翻身和生产。
就是单说这三件，
轻重缓急不一般。
平均主义不能犯，
经常应该有重点。
报纸必须大众化，
工农才能解得下。
人民生活要熟悉，
人民语言要通达。
熟悉才能不外行，
通达运用才熟练。

字要熟，句要短，
标点符号要简单。
男女老幼能听懂，
才能深入到民间。
群众路线怎搞起，
还得请示毛主席。
“从群众中来，到群众中去”，
领会运用要彻底。
“从来”全凭通讯网，
“到去”依靠邮政局。
好坏以何为标准?
阶级立场是第一。
内容形式何为主，
技术服务于政治。
思想放毒要警惕，
麻木不仁要不得。
想把报纸办得好，
许多问题要注意：
新闻固须要审查，
社论更要“开机器”。
内容当然要讨论，
文字也需加考虑。
下笔千言有毛病，
自以为是要不得。
各种稿件草完后，
增减删改是必须。
就是标题与排版，

样样都不能儿戏。
地位前后字大小，
表示轻重与缓急。
印刷技术要提高，
模糊不清误大事。
校对人员需仔细，
错漏颠倒犯纪律。
无论文章和消息，
要联系理论与实际。
首长应当要负责，
亲自动眼又动笔。
这种规矩谁建立，
马恩列斯毛主席。
党报要想办得好，
的的确确不容易。
全党负责还不够，
必须人民齐出力。
人民力量无限大，
前途光明有出息。
《人民日报》是人民的，
为了人民谋利益。
谄到这里就打住，
略表庆贺祝努力。

（《人民日报》1947 年 5 月 15 日）

“五　四”

我是“叛变节”，
先锋节，
号召节！
孩子们是时候了！
风是号角，
海是哨音，
电闪是指挥刀，
雷鸣是战鼓，
燃烧的准备燃烧，
爆裂的准备爆裂，
联合起一切不自由的人争自由，
联合起一切没民主的人争民主，
有尖刀的拿出尖刀来，
有枪的扛起枪，
有地雷的埋下地雷，
没刀的，
没枪的，
没地雷的，
舞拳头挥击，
断手的，
断脚的，
用声音呐喊！
孩子们，

对准那封建专制传统开刀，
对准那贪污、腐化、反动、独裁的集团射击！
挺向前，
把民主接过，
把科学接过，
把自由的权利让给人民，
把幸福的欢笑转给老百姓，
黑暗已在褪色，
黎明号音已响，
孩子们，
站在我肩上迎接那红太阳。

（转载自天津某报）

（《人民日报》1947 年 5 月 15 日）

战士的遗诗

张民 遗作

张民同志，河北霸县人，家贫，高小毕业生，抗日战争初期参加八路军。牺牲[前]任吕梁军区×旅××团一营四连的指导员，于今年一月十七日解放孝义战役中英勇牺牲，享年[三]十四岁。遗诗是从张民同志的遗体衣袋中捡出来的。

——编者

一

假如我战死了，
请党告诉我的父亲和我的哥哥，
教他们不要悲伤，
因为在我坟地里会生长出他们生命的食粮。
共产党赶走了饥荒。

假如我战死了，
请报告党中央，
在阵亡同志名册上把我写上。

二

冀中北部大清河旁，
霸县渔津洼——是一个小村庄，
一九三九年我参加了共产党。
死时还在微笑，

为什么？

贫苦的孩子遇见了共产党，

像一只鱼儿投入海水汪洋。

我应该告别二语：

望全党团结如钢！

望全党跟着毛主席为首的党中央！

（《人民日报》1947年5月18日）

劳动发家快生产

马如龙

叫老乡，听我拉，
我要说说怕发家：
怕斗争，怕发家，
他怕村上数着他。
壶关有个赵老汉，
查田运动他害怕；
劳动起家不斗争，
他光怕给他割尾巴。
卖晌赚了麦一石，
冬天吃个光塌塌。
地里长着核桃树，
砍下当柴烧了它。
大驴怀上小驴驹，
他愁眉不展心事大。
他想到俩驴就要割一个，
再下一个就割俩。
自从去冬到现在，
大家都没斗争他。
大家说你是劳动发的家，
大胆致富莫害怕！
今年春耕动员会，
他说："我可后悔啦。

要是听上大家话，
事情永远办不差。”
老乡们，发家吧！
劳动发家永不怕。
耕三余一要做到，
家家都要定计划。
家家户户都富了，
蒋贼不愁打不垮。
秋后要开群英会，
看一看谁的本事大。

（《人民日报》1947年5月27日）

赵金银汤阴还旧账

钓策　化波

五月一号那一天，
打下汤阴进城关，
人民军队纪律好，
老百姓的一根汗毛也没人沾。
有许多爱民故事讲不尽，
单说说赵金银把旧账还：
赵金银当的是个司务长，
他就在八四部队第六连。
前年收复汤阴县，
部队驻防城西关。
只说是和平谈判不打紧，
冷不防蒋家军偷偷摸到城门南。
二话不说开炮干，
我们忍让过西山。
赵金银心里干着急，
还有手续没□完。
岳庙街买下青菜八十斤。
拿了蔬菜欠下钱。
从此他心里常盘算，
这笔欠账啥时候还？
好像石头胸前压，
足足压了一两年。
今天打开了汤阴县，
人人喜笑在心间。

赵金银心里更欢喜，
到头又有这一天！
第二天早早进城去，
岳庙街来把旧账还。
赵金银，急忙行，
进了北门向南门，
枪炮俘虏一大堆，
哪有心情看分明。
怀中掏出日记本，
本子上面写得清，
照着日记往前访，
一直访到崔家门。
进门就□崔六掌柜喊，
掌柜在屋里吃一惊：
一夜房门关得紧，
一早也没出门庭，
偏偏有人把我喊，
看他像个八路军。
莫不是清查特务和汉奸，
莫不是闯了啥事情？
小心小意开门看，
来人满面笑盈盈，
不等掌柜开口问，
赵金银首先说分明，
他把那欠账事儿讲一遍，
崔掌柜好容易这才记起旧事情。
崔掌柜又惊又喜又稀罕，
八路军一来就把老账还。

“事情过了两年整，
我早就不记在心间，
事情说到也就算，
千万不要给我钱。”
赵司务长忙开言：
“崔六掌柜多包涵，
前年情况来得紧，
不是我故意不给钱。
今天实意要还你，
你若□要我心不安。
欠账压得时间久，
这二年实在叫你受艰难。
前年钱贵粮米贱，
不当给你老价钱。
按前年的米价钱折米，
应该折成十七斤半，
另外再加二斤半，
算作两年红利钱，
这是小米请收下，
人民军欠下人民理应还！”
掌柜收米喜满面，
赵金银还账心畅宽，
心上揭去青石板，
你看他走起路来也轻便。
从此崔六逢人便讲这件事，
赵金银美名到处传。

（《人民日报》1947 年 6 月 2 日）

蒋区公务员呈请涨价

马凡陀

窃查职等薪水，
本属微薄可怜。
迩来物价波动，
人价益见低廉。

上次公用事业，
邮电交通煤炭，
以致上涨数倍，
业经实行在案。

当时钧座表示，
职等公教人员，
亦将调整薪水，
千倍再加廿万。

孰意空言安慰，
说过也就忘怀，
物价高涨是实，
加薪尚在开会。

职等吃亏非小，
钧座信用有关，
所谓名誉要紧，
威信岂可破坏。

金价卅□出关，
煤球卖到两万，
职眷既非巧妇，
生米难煮熟饭。

样样东西涨价，
只有薪水跌价，
为此呈请照加，
折扣不可再打。

通货膨胀不休，
等于无形税收，
剥皮抽筋熬油，
钧座何其辣手？

用特哀告泣陈，
眼泪鼻涕齐来，
职等变成饿鬼，
岂是钧座所快？

伏祈准予涨价，
恭喜钧座发财，
武的不死文加官，
万税！万税！万税！

（《文联》四四四）

（《人民日报》1947 年 6 月 8 日）

自编自唱谈心情

——左权五里垴农民新歌拾录

今年元宵文娱活动中，五里垴翻身农民充分表现了创作的天才。在广场剧中，他们自编自唱出许多新歌。兹摘录一些在下面：

白来银六十四岁，原来是个赤贫，战前住过盘（做饭），解放前在敌占区要饭，他撕开喉咙告大家说：“说个没法真没法，俺给财主住过盘，日本占了辽县城，俺是每天伺候人。跟上温家（左□大地主）往外逃，伢吃细面俺吃糠。地主□麟（温）打过俺，他二老婆唾俺家常饭。提起住盘真难过，活叫地主熬煞我。后来财主撵出俺，蛤蟆滩里去要饭。见伢自家（地主）正做饭，给了俺些山药蛋。心里有些不耐烦，回来闪到河里边！阳坡旮旯暖一暖，脸上冻成黑青蛋。回来还是饿肚皮，向西跑到东长义。”说到翻身后的光景，他激昂地告大家说：“五年过冬没袄穿，翻身给了个大布衫，配哩是件旧布衫，还有碎布一大卷，土地房屋都分全，又分大洋五千元，又分锹来又分镢，还有火上一吊锅，大锅锄板各一件，小锄一个能使换。老人活了六十四，没啦见过这一次。共产党领导真是好，甚时俺也忘不了。”

刘云祥老婆□春花控诉说：“财主真厉害，俺还给他奶过孩。挖屎弄尿受过罪，下工只给了一副铜耳坠。”

李秀成诉苦说：“从前给你把牛地，又掏煤炭又挖泥。一共受了整三年，结果刚够顶伢利。”

席正福控诉说：“二八除扣真厉害，迫得俺们无其奈。腊月不敢在家睡，偷偷藏进大铺柜。老婆送饭不公开，屙屎弄尿不出来。乒乓一声纸炮响，这才算是熬过来。”

耿秀珍（妇女）控诉旧社会说："提起过去真难受，从小把俺脚裹住。黑明白日紧哩斗，结果放成个金黄后。"

白林祥（六十九岁贫农）指着身上衣服感激地说："则说死了没衣裳，果实还给了个大夹袄。"又说："老汉今年六十九，没啦经过这世道。又分铺又分盖，又给了一个旱烟袋。"

刘玉林（中农六十七岁）对新社会群众给他祝寿有感："今年老汉六十七，全村人们来祝寿，又端茶来又端酒，笑哩嘴也□不住。"

白来银老人说："正月十五来祝寿。脯上带的一不榴，只说是个针葫芦，不想是个大寿桃。"

青年妇女张爱英（军属）说："男人女人讲平等，有吃有穿有地种，男人参了军，家中爷娘我照应。"

男青年马玉梅对新社会感激说："从前住长工，现在翻了身，有房有地种，自由结下婚。"

表演练武中，民兵爆炸能手说："爆炸队更可夸，争取模范□□三人，王更和梁作材埋雷不用五分钟。"

（《人民日报》1947 年 6 月 11 日，《文艺通讯》副刊第 3 期）

抗旱备荒节约生产

武安八高通讯小组 编

老乡们听心间，防旱备荒谈一谈。
该种地，不等雨，要吃饭，不靠天。
要吃还是家常饭，要穿还是布衣衫。
细水长流过时光，玉茭面里掺上糠。
多挖菜多余粮，少吃白面疙瘩汤。
不买油角和麻糖，不穿洋布新衣裳。
反对好吃懒做懒汉懒婆娘。（双句）

老乡们听我言，大家回忆想一番。
四二四三俩荒年，吃糠咽菜受艰难。
饿得肚子咕噜响，瘦得脸皮黄蓝蓝。
要不是政府救济咱，咱们的性命难保全。
大家应该防灾旱，反对那过去痛苦忘了干。（双句）

老乡们听心中，生产节约要实行。
生产好比摇钱树，节约好比聚宝盆。
缸口省米还可以，缸底节省落个空。
掺糠吃菜要俭省，要跟旱灾作斗争。
男女老少采野菜，家家户户把粮存，
每顿节约一两米（每人），计算起来了不成。
反对那大吃二喝浪费虫。（双句）

老乡们听心肠，马上警惕定主张。

各村要积义仓粮，生产节约备灾荒。

大家[动]手一齐□，劳动就能发时光。

支援前线打胜仗，消灭蒋军喜洋洋。（双句）

（《人民日报》1947 年 6 月 14 日）

扛枪拿镰护新麦

苏小庄

老乡们，不要乱！谈一谈过去的灾荒年：
蒋军败走日本来，豫北人民遭大难。
家具粮食都抢光，房屋烧了一大半。
不幸连年遭荒旱，井里没水草旱干。
又是浇，又是灌，秋苗出了一少半。
出蝗虫，遍地乱，一扫而光吃个干。
年轻人一看没法办，一拍屁股逃外边。
年轻媳妇泪涟涟，谁有饭吃就跟他过几年。
有人逃在徐州府，有人逃亡山上边。
孩子媳妇都逃走，老头老婆没人管。
卖孩子、卖庄田，换点粮食度荒年。
剩下一点不舍吃，狠心“皇协军”来抢干。
老财恶霸加紧剥削，人民死了一大半。

自从来了共产党，人民才算见青天。
又有吃，又有穿，欢欢乐乐过个年。
蒋介石一看不顺眼，不让人民把身翻。
一心独裁做皇帝，调动大兵打内战。
占了城市还不算，乡下抢粮派□钱。
人民没有共产党，那就算是完了蛋。
八路军，真好汉，帮助人民把身翻。
共总打了十个月，消灭他大兵百十万。
顽固军有心想逃走，看见麦黄红了眼。
组织很多抢粮队，准备麦熟来抢咱。

同志们，要认真，老百姓就是咱□养命根。
党政军民一条心，保护收麦跟敌拼。
扛上枪，拿上镰，大家跑到敌人城跟前。
没事帮助老乡把麦割，有点动静放下镰。
敌人要是把麦抢，准备把它消灭完！
老乡城外把麦割，敌人□上干瞪眼。
敌人不敢开城门，想吃蒸馍难上难。
敌人城里□饭吃，个个饿得乱叫唤；
远看好像活小鬼，近看又似吃大烟；
不用说叫□来打仗，大风一刮倒□地平川。
单等咱们收麦后，军民合作上前线。
枪一响，进了城，敌人消灭干干净。
军和民，都喜欢，高高兴兴吃白面，高高兴兴吃白面。

苏小庄是清化人，旧艺人出身，家里很穷苦，今年二十八岁了，现在道清文工团当团员。他没上过学，但经他自己编的快板已数不清有几个了。只要你给他出个主题，告诉他如何编，他就会随口说出来，真是“出口成板”，反映现实快而真实。逢到老百姓多的地方，他就跑过去说个快板，报告些新胜利消息。在部队给战士说，很能鼓励士气；队上的指导员、文书，一些爱好文化娱乐的同志，都去抄他的快板。现在他的快板，在四分区几乎人人热爱，无论他到什么地方，见了就要他说。(洪飞)

（《人民日报》1947 年 6 月 14 日）

农　　谣

陈国均

好孩子，
有好娘；
好种子，
打好粮；
种子瘦，
苗儿黄；
种子肥，
苗儿壮；
秸秆长得高，
穗子长得长；
春天种下好□□，
秋来粮食打满仓。

（《人民日报》1947年6月14日）

修　工　事（蒋区歌谣）

张耀山　于力

老少一齐低着脖，
修筑工事是长活。
商人无钱做买卖，
本利齐光把门锁。
百姓生活更难过，
特务随便来勒索，
高楼大厦变砖堆，
修他妈的王八窝。

（《人民日报》1947 年 6 月 14 日）

槐　树　下

胡征

槐花飘落在槐树下，
树下坐着老妈妈；
妈妈头发白了眼又花，
帮咱队伍缝这又缝那。

我说妈呀妈呀辛苦啦，
这些事儿不该你做哇！
妈说你这娃说话太外啦！
你把我老婆子看成个啥？

妈妈叫我坐在槐树下，
抽一支香烟把话拉：
妈问我是哪里生来哪里长，
啥时候离开我老家。

我说家住黄河南岸南又南，
过了黄河还走二十天。
十五岁离家把革命干，
十三年没见亲娘的面。

我说跟着毛主席的家庭长这大，
见了你就是见了咱亲妈。
妈说八路和百姓是一家，
八路军都是咱好娃娃。

妈说你给毛主席打个无线电：
叫他给咱再活上五十年！
就说蒋介石畜牲把咱害，
不是毛主席咱不知死在哪一天！

我说咱也跟毛主席提了意见，
要求把咱调到黄河南又南；
南方的妈妈在受灾难，
要去帮她们把身翻。

妈说去吧去吧不留你，
南方有好山好水好庄稼；
南北都是咱穷人的天下，
南北都是咱毛主席的家。

妈说回去给你亲娘捎句话，
就说你北方的妈妈想着她；
妈给你缝上一顶麦秸帽，
刮风下雨你戴着它。

我说大雷大雨我不怕，
风里雨里也要给妈打天下！
我跟妈妈穿上针和线，
哨子响了我要去上操啦。

（《人民日报》1947年6月23日）

蒋区民谣拾录

苏众 辑

下面的民谣，是解放战士谈出来的，是南方很流行的歌，从这里我们可以看出蒋管区老百姓心里的痛苦，他们过着多么黑暗的生活。

一

天上星多月不明，
塘里鱼多浪不停，
太多蒋军搅乱国，
太多情人坏了身！

国民党的军队，二十年来扰害老百姓太凶了，老百姓充分认识了蒋介石凭借武力，祸国殃民的罪恶。

二

早年算盘打得差，
背枪杀敌不顾家，
早知胜利是像此，
不如深山去出家。

抗战胜利后，蒋贼内战独裁，使抗敌人民及失业军人大失所望。

三

□多乌云天上横，
又想飘雨又想晴，
飘雨还有天晴日，

穷人几时才翻身？

在“四大家族”黑暗统治下，穷人渴望着翻身。

四

天亮好睡天又亮，
临老发财命不长，
新割黄谷空欢喜，
刚想下肚征军粮！

一年辛苦，刚收获的谷子，还没有尝新，又被迫缴了军粮。

五

脚倦行路难过岗，
穷人难过四月荒，
口渴难等新开井，
肚饥难等早稻黄！

这是蒋贼在政治上无数次空头支票，所给老百姓的认识，蒋贼的花言巧语，再骗不了老百姓了！

六

出又难来入又难，
几多鸟雀树林间，
日里又怕铳来打，
夜里又怕火烧山。

蒋管区特务横行，人民白日黑夜过着恐怖□虑的生活！

七

人在军营心在家，
少年妻子一枝花，
想家有家归不得，
蒋介石是个大王八！

这是蒋军的士兵唱的，他们盼望和平回家，但有家归不得，就只好骂蒋贼出气！

（《人民日报》1947年6月23日）

阎军之歌

玉波

在正太战役中放下武器的阎军官，闲谈时告诉给记者几首阎军中的流行歌谣，从这里我们可以看出山西人民和阎军各级官兵对阎锡山如何愤懑：

一

二战区号称十万（指军队），
行政干部家属就占一半。
剩了些娃娃老汉，
抗战八年，站在黄河两岸。

这首歌在阎军中极为流行，意指阎所谓“十万大军”不过是老弱罢了，并说出阎军没有抗战。

二

高粱面把兵练，
“胜利”奖金发一半，
一天到晚吃不饱，
说多可怜多可怜。

这是指日本投降后阎军士兵的给养，并且所谓“胜利奖金”，隔了好几个月才发给一半，其实好多下级官兵一半也没有得到。如四十五师的尉级军官大部分只得了五十五元（应该两万多元）。这是阎四十六师一团七连司务长陈武生讲的。

三

阎锡山不是人，

拆庙宇，盖炮台，
小炮台是当兵的坟墓，
大炮台是指挥官的死处。

据阎伪平定自卫大队少校队长唐金铭讲：太原修碉堡、炮台还要官兵们“献碉”，下级军官不但出劳动力，还要出钱，尉级军官一个月就一万元左右。

四

兵农合一好，
遍地都是草，
男的当了兵，
女的跟人跑。

寿阳战役被俘之阎军总队上校副官牛荫麒一见记者就说：“我到解放区后第一个印象就是这边没有一片荒地，那边（指阎管区）却不然，人民为了躲兵，到处地里长荒草。”

五

十三个高干哄一个老汉，
一个大混蛋带一群小混蛋。

寿阳被俘之阎独十总队二团上校团长张国栋在座谈阎锡山出路时说：“在那边就是上哄下，下哄上，我们团以上主官开会时，谁敢说下面士兵困苦情形！”

（转自《晋察冀日报》）

（《人民日报》1947年7月4日）

黑臭词谱

这是从开封《正义报》上剪下的一些打油词，是填《白香词谱》上的一些词调作的。从这里可以看出，即使国民党控制的报纸，也已曲折透露出这么多的不满了。

——编者

相见欢

无钱纳款卖牛，
田抛去，
可怜老婆嚎叫，
娃子哭。
想吃饭，
已无面，
莫提油。
如何叫人能过，
这年头！

一斛珠

老冤难过，
有饭吃的有几个？
杂税苛捐何其多？
心如刀割，
衣烂鞋子破。
不会拍马知不可，

化了冤钱便无祸，
忍住寒冷忍住饿，
不能受气，
莫怪监牢坐。

踏莎行

催税派款，
恶吏咆哮，
任意抓人如绑票，
究竟非法不非法，
小民哪个能知道？
麦苗旱死，
灾荒又到，
遍地土匪瞎胡闹，
一阵细雨落又止，
天地给人开玩笑。

（《人民日报》1947 年 7 月 10 日）

革命颂歌

伊萨科夫斯基 作　戈宝权 译

伊萨科夫斯基是苏联名诗人，《喀秋莎》《而谁又知道他》等名诗的作者，曾得斯大林文艺奖金。我们介绍他的这篇诗，是希望引起更多作者为我们土地改革的胜利而颂歌。

——编者

在黎明，在雾气的曙光中，
沿着贫瘠而不可爱的田地，
这是我——一个无名的农夫
在播着五谷和悲哀参半的种子。

这是我，走遍了城市和乡村，
到处在寻觅你的足迹；
我用不快乐的歌声召唤着你，
我等你等待了一千年。

这是我，在寒冷的长夜中，
千思万思地想念着你。
这是我，肩上挂着枪
为了你作战。

穿过了森林，穿过了永远的新垦地，
你听见了我的哀愁，
这是你——千年以来第一个人

向农民伸出了手。

在没有修过的屋脊下，
你带来了幸福的生活，
从你，这第一个人，我听见了
自己的真正的名字。

我因为你的呼吸而感到和暖，
我因为你的爱抚而感到温馨，
我现在是陆地和海洋的主人，
正走遍全苏维埃的国土。

我不知道——我还要越过怎样的大河，
走过怎样的地方，
但我知道，我永远不能让你，
受到任何人的凌辱。

（《人民日报》1947 年 7 月 16 日）

活　弗　起

马凡陀

要吃饭，吃弗起；（注）
要穿衣，穿弗起；
要坐车，坐弗起；
要租房子，租弗起；
养下孩子，养弗起；
死了人，棺材买弗起；
乡下难过活，城里住弗起。
活弗起呀，活弗起！
一半薪水扣预支，
一半薪水还老李，
剩下零头带家里，
去买洋油还是去买米？

（注）弗，沪语“不”。

（《人民日报》1947年7月16日）

忆 灾 荒

韩修琏　王广庆

提起来，真凄惨，
四二四三灾荒年。
家家时光没法办，
房产、土地、衣服、家具都卖干。
头等水地几十块，
旱地卖不上十块钱；
好桌好柜十斤米，
衣服布匹不值钱。
就那样也是没人要，
才到山西逃荒年，
衣裳布匹背多少，
换回一包萝卜片。
咱们受了多少罪，
敌伪还要坑害咱。
又是打来又是骂，
结果东西逼个干。
忍饥挨饿回家转，
居家大小泪涟涟。
泪涟涟，没法办，
重打饥荒去逃难。
煤土沟里下煤窑，
□台窑上去推□。

本来身上没有劲，
头蒙眼黑不能干；
腰酸腿软不济事，
一时不防倒栽蒜。
亲儿亲女他乡卖，
恩爱夫妻两失散……
越思越想越心酸，
赶快备荒来抗旱。
虽说近来下了点雨，
光靠这点也不沾。
快抢种，勤锄苗，
多种秋菜争模范。
男女老少齐动手，
合力战胜灾荒年。
大家跟着共产党，
照着政府的法儿办，
再不逃难去受苦，
打败老蒋战胜天！

（《人民日报》1947年7月16日）

蒋管区零讯

济南人民流行着《四不起》的民谣，描写蒋管区人民的生活状况说："活不起，养不起，病不起，死不起。"（暗指死了买不起棺材）

西安流行叫《钞做票经》的民谣说："一元钞，没人要，二元钞，当鬼票，五元钞，卷烟抽，十元钞，糊墙壁，廿元钞，当坑纸，百元钞，无人计，千元钞，尚有用，万元钞，出来了，千千万，万万千，点个火、抽袋烟、烟抽完，火就灭，过一年，鬼晓得!"

（《人民日报》1947年7月18日）

土　　地

伊萨科夫斯基 作　戈宝权 译

集体农场所使用之土地：均归各集体农场无代价及无期限使用，即永远使用之。

——苏联《宪法》

土地，土地——亲爱的母亲！
和你心爱的儿子讲话吧……
你的丘陵和平原
是一望无涯，无边。

你的富源是无法测量，
它们埋藏着，数也数不尽……
土地，土地！而我们为了你
也不知道忍受了多少不幸！

那不是你吗？多少世纪以来
就是我们不敢大胆期望着的幻想。
那不是关于你吗？穷苦人的命
在黑暗中唱着悲哀的歌。

那不是你吗？使我们
卖掉了最后的一点产业？
那不是你吗？派遣我们
乘上了移民用的暖车。（注一）

那不是为了你吗？我们每年
向富人们弯腰屈膝。
那不是为了你吗？人民
沿着乌拉地米尔大道向前走。(注二)

那不是你吗？整世纪地被俘虏着，
亲爱的母亲——湿润的土地。
那不是为了你吗？我们走遍了全国，
从这个边疆到那个边疆。

土地，土地！曙光正在燃烧，
而你为了我们——已在四周展开……
土地，土地，为了你，
我们身受了多少不幸，多少悲哀！

(注一) 暖车，装有暖气设备的客车。

(注二) 乌拉地米尔大道，帝俄时代从莫斯科放逐到西伯利亚去的囚徒必经的一条路。

(《人民日报》1947年7月19日)

苏北民谣中的共产党和毛主席

一

大籼稻，黄又黄，
今年变成我的粮。
感谢恩人共产党，
算账分田帮我们穷人忙。

二

东西地长又长，
小三娶个大姑娘，
在家能纺纱，
下地能帮忙，
人人见，喜洋洋，
都说小三命运强。
小三摇摇头：
“不是命运强不强，
靠的救命恩人共产党，
要不是分田和分地，
哪有我小三娶的大姑娘?”

三

共产党，万万年!
有了共产党穷人才见天。

四

太阳一出红通通，

太阳好比毛泽东，

五谷没太阳不生长，

穷人没毛主席万年穷。

五、童谣

毛泽东，暖烘烘，

大家来，一鞠躬。

六、老太婆供奉毛主席像每天祝词

白米饼，喷喷香，

毛主席，请你尝尝！

不是你帮忙，

我家哪有米饼香？

（新华社华中电）

（《人民日报》1947 年 7 月 22 日）

解放汤阴

林湘 辑

汤阴近日斗争大恶霸苏伯寅时，平民会主席刘代和一群小伙子，你一句我一句编成了一个快板，如下：

八路军，真能干，
大军来打汤阴县，
声声要捉孙老殿。
孙老殿，发了愁，
先掀平房后掀楼。
掀了楼，还不算，
六关的房子烧个遍。
老百姓没法站，
逼得城里去逃难。

★★★★★★

亲戚也来找，
朋友也来叫，
孙老殿说：
“命令如山倒，
谁敢瞎胡闹。”
把咱大家送到岳王庙。

★★★★★★

吃罢饭，没事干，
来了苏伯寅王八蛋。
这个见了害了怕，

那个见了打战战。
苏伯寅说：
“叫你大家去挖沟，
至死也得往前干。”

★★★★★★

咱们军队打开汤阴县，
街公所，关里按，
刘同志、李同志爱护咱：
往年的伤心事，
都来诉一番。
说起了苏伯寅，
罪恶大如天，
救富不救贫，（注）
两国当汉奸（指日、美），
四大条件他都犯，
三次大会斗争他，
说得伯寅没啥辩。
区公所，支撑咱，
先分家业，后分地，
枪毙苏伯寅住了戏。

（注）苏伯寅曾任国民党救济委员，专以粮款“救济”□亡地主。

（《人民日报》1947 年 7 月 22 日）

蒋区雇工谣

孔庄潘　佐民权

熬活，熬活，誓死不给地主熬活。
现在的地主比过去更涩得多。
死气麦茬短把杓，想吃稠的够不着。
要水烟一摄摄，要火香一撮撮，
要钱去胡推胡躲，
要得紧了，给两个抽脖。

（《人民日报》1947年7月25日）

一封热血沸腾的宣誓书

编者按：此书为陈赓将军部下某旅新十九团十二连集体写作，近日由该旅王志遥同志转寄来。读此书如见热血沸腾之战士，字里行间，充满反攻必胜之信念。兹值“八一”，特稍加字句修改，发表于此，以见我人民解放军之坚强与正义。

毛主席：
我们在你的领导下翻了身，
享受了民主自由，
过起了幸福的生活。
但一提起往事，
谁不悲痛伤心，
我们全连有一百五十一个人，
我们曾受过的压迫，真是一言难尽，
我们一百四十个人诉出了冤苦，
我们有一百二十六个人被剥削过，
受过了十年到十五年的苦罪！
我们吃过糠也咽过树皮，
我们有九十一个人遭过辱骂毒打，
瘢痕至今尚存。
我们有二十四个人已经失去了亲爱的爹娘，
我们的爹娘劳动了一辈子，
但终于饿死了。
我们的苦难诉不完，
但我们都要告诉你，
亲爱的毛主席！

张德胜同志的家，
有地三十亩整，
父亲正在犁地，
遇上种（中）殃（央）军，
牲口被抢走了，
父亲跪下来央告，
活活□打死了！
哥哥叫人家捉住，
硬说是八路便衣，
枪毙在静乐县南关里，
三天也不叫起尸体，
母亲哭得昏死过几次。
三十二年他又被阎贼抓了丁，
补到骑一军第二师，
给阎锡山当替死鬼，
他说：“天有眼！汾孝战役被毛主席救出火坑。”
像这样的惨事，
刘杰、刘家玉、曹先栋……
华南华北的同志，
都有过同样的遭遇。

★★★★★★

刘贯九的家，
在安徽阜阳县，
父兄祖母十一口人，
有地二十亩，房十五间，
三八年蒋贼拿“黄河抗日”，
开了河口千万人民被喂了鱼，
他的家也一洗无余。
他一提起黄河归故，

就难过地捶着心说：
蒋介石拿黄河淹咱解放区，
我非和你拼到底！
蒋介石好贼呀！
咱算算账吧！
血泪的深仇，哪能容你？
蒋介石我告诉你！
我们现在觉悟了，
要想和平只有彻底毁灭了你！
一年的战争
咱消灭你约一百个旅，
又收复了广大的土地，
你被迫要走向防御了，
你还想躲在狗洞里休息休息；
再和咱们大干吗？
不可能！现在俺们就要打出去，
蒋逆贼子！
等着吧，我们马上来消灭你。

★★★★★★

毛主席，党中央，
我们的冤苦要清算呀！
所以我们振臂高呼；
请求下令讨伐蒋逆贼子，
我们向党宣誓，
永远跟上毛主席走，
农民得不了土地翻不了身，
蒋介石不彻底消灭决不偷生，
我们决战斗到底！
我们要求打出去，

我们研究了困难，
史其林说：我准备了行军的腿！
张丑鸡说：我准备了吃小米的嘴！
王清明同志提出了“三不怕”，
不怕走夜路，
不怕爬山，
不怕吃小米；
冯保胜说：我不怕下雨刮风；
段逢锁是解放区的，
他要把胡宗南坏蛋杀死在老窠里，
他说：这不更保卫了解放区吗？
史其云是蒋管区的人，
他兴奋地说：
我被解放了，
但我的家还受压迫，
我要打回去消灭蒋贼解放我父母！
我们有一个一致的意见，
请求打出去，
决心做到“四三制”。
第一保证为人民服务到底：
1. 不实现土地改革不解放全国农民不回家。
2. 不彻底消灭蒋介石不回家。
3. 不为人民立一件大功不回家。
第二保证不向困难低头：
1. 行军不怕走夜路，爬山不怕刮风下大雨。
2. 生活不怕艰难吃小米。
3. 遇到困难不埋怨上级，想办法来克服。
第三保证全连情绪圆满打出去：
1. 丢掉家庭包袱，上级叫到哪里就到哪里。

2. 爱护自己身体，不喝冷水，不发生病号，轻病不掉队，互相帮助。

3. 打通思想，团结爱护，互相学习。

第四保证遵守群众纪律：

1. 实现三不走。

2. 做到三不拿。

3. 宣传我党政策，密切军民关系。

这些都是我们百分之百的人亲口提出来的。

我们又献出：冀钞九万八千六百六十元、金戒指二枚、手镯一只，

还有皮鞋衣物手巾等等，
这些都算作保证金，
带头立功的模范同志，
我们说的话如果做不到，
甘愿受纪律加倍制裁。
现在万事俱备，
只待上级一道命令，
叫我们打出去，
报我们的仇，雪国家之耻，
我们号召全体同志，
起来为和平、民主、独立、土地，
讨伐国贼蒋介石。
十二连持枪待命，
要求早日打出去！

连长　何明德
政指　刘克敬
排长　石怀玉
　　　吴兴双
　　　郭成则

支部　王振书

委员　李晚保

　　　李恒元

　　　张正义

　　　郭文祥

　　　姚振海

同具七月六日

（《人民日报》1947 年 8 月 1 日）

怪帽子

郑秩

二十世纪大时代，
事事稀奇物物怪。
买帽不用君花钱，
满天乱飞找人戴。
写文章戴你一顶，
多说话戴你一顶，
要饭吃戴你一顶，
想民主戴你一顶。
帽子样子看不见，
帽子厉害似刀剑。
要是戴上尊脑袋，
保管老兄跟头栽。
这是啥子怪帽子？
请君仔细猜一猜，
猜到不要大声叫，
谨防帽子由天掉。

（摘自六月十五日天津《大公报·大公园地》）

（《人民日报》1947年8月4日）

互助立功十大好

太岳特等功臣 毕革飞

编者按：此文为太岳军区政治部宣传科长毕革飞同志所作。革飞同志已在该区功臣会上，被选为机关干部特等功臣。他曾亲手领导改造过两□宣传队，对于军区部队政治工作亦迭有建树，名满边区的战斗互助英雄焦五保，即为其所发现者。

革飞同志此文，系根据与许多互助组长与组员谈话的总结，写成快板后，又到连队念给战士们听，请战士们提意见修改，念了又改，改了又念，因此战士们都说："这都□我们自己的事，我们做了不会说，拿我们的东西教我们最好，能很快地提高我们，一定好好学，好好干……"又说："念这快板不知道顶上多少次政治课。"故特发表于此，以供部队政治文化工作者之采用，并作地方文艺工作者之参考。

一

都说互助立功好，的确好处真不少。
要让我来把他表，我能表他十来条。
战斗互助第一好，胜利大来伤亡小。
小组活动真灵活，讲究战术很需要。
敌我火力都很重，队形密集受不了。
班为单位人太多，光杆一个又太少。
一组一个小集团，不多不少那正好。
遇上炮弹伤亡小，冲锋又能把劲□。
纵深发展捉俘虏，缴枪缴炮立功劳。

二

我再来表第二好，同心互助志谋高。
八仙过海各显能，集中起来成一套。
老战士，传统好，英勇顽强觉悟高。
解放战士技术好，顽军内情他知道。
翻身农民参了军，热情积极情绪好。
三好要是合一好，狗撵鸭子呱呱叫。
各人长处发扬了，短处也得要去掉。
截长补短好办法，互相学习互相教。
三人顶个诸葛亮，优点集合不得了。
全连要是都互助，你看孔明有多少。

三

互助三好我再谈，小胆互助变大胆。
三人□的一股劲，个个战士都勇敢。
你看咱组人三个，胆子就有三个大。
三人结成一疙瘩，三三就能顶九个。
若是三人分三下，力量显得太单薄。
一班挤在一疙瘩，炮火底下伤亡大。
互助机动又灵活，消灭敌人有办法。

四

战斗互助第四好，新兵打仗也能立功劳。
老兵带领新战士，一边打仗一边教。
新兵战前情绪高，决心战斗立功劳。
口口声声保卫毛主席，保卫果实把恩报。
恨不得一下俘虏几十个，心急火燎缴枪炮。

一到战场枪炮响，迷三倒四头昏了。
子弹吱吱头上叫，轰轰一直响大炮。
只觉离头只四指，顶多一拃远不了。
吓得头也不敢抬，屁股撅得特别高。
忘了缴枪捉俘虏，忘了决心立功劳。
老兵赶快做解释，思想方面做诱导。
说明情形壮壮胆，解除恐惧撑撑腰。
想出办法打敌人，你把手榴弹准备好。
敌人一下反扑来，一排子打得他往回跑。
新战士看见敌人稀松劲，慢慢他就胆壮了。
越打他越情绪高，头仗就能立功劳。
新兵作战靠互助，战场就是好学校。
战教合一选模范，首屈一指焦五保。

五

战斗互助第五好，干部伤亡一定少。
互助组，组织好，战斗积极性都提高。
组织冲锋突击队，一二三名自动报。
冲锋组长在前头，模范行动来领导。
决心立功情绪高，组织严密又周到。
只要一听冲锋号，如狼似虎往前跑。
说打到哪就到哪，不用干部心急躁。
免得干部前后跑，心急火燎来督导。
前后跑跑不要紧，负伤牺牲就不妙。
减弱指挥和领导，部队一定胜利小。
这倒不是怕伤亡，这样伤亡不必要。
指挥位置能站好，全面情况都顾到。
各个火候抓得紧，协同□作妙又妙。
一排迂回上包围，一排中间把心掏。

你到我到他也到，敌人想跑跑不了。
都说连长指挥好，战术爱兵呱呱叫。
胜利大来伤亡小，归根还数互助好。

六

思想互助第六好，部队巩固没逃跑。
互助组里做工作，普遍深入具体化。
行军全组一块走，打仗也在一块打。
黑夜睡觉膀靠膀，上课也在一块坐。
整天生活一疙瘩，思想摸得最透彻。
有了猪肉大家吃，饿肚爬山一块爬。
共同吃苦同享乐，同生共死不分家。
虽然行动是一样，思想里头有变化。
有的锻炼更坚强，有的就把头低下。
有的觉得为人民吃苦流血最光荣。
有的觉得受这洋罪是傻瓜。
因此他就跌二话，悲观失望想回家。
互助组里看透他，随时解释做工作。
随便谈谈知心话，将己比人拉一拉。
“以前我怎定计划，遇了困难我不怕。”
看样不像解释做工作，谈心互助作用大。
他的心里受感动，思想斗争像打架。
大家争着当功臣，难道我愿当日弄货。
自此他把决心下，不打倒老蒋不回家。
思想互助作用大，悲观变成积极啦。
不跌二话不想家，决心立功把敌杀。

七

行军互助第七好，没有一个把队掉。

八路军打的运动战，打仗走的路子远。
有的身强走得快，有的体弱后边掉。
也有个别油腻鬼，当了掉队“老祖先”。
不说行军肚不疼，一说出发把腰弯。
自从互助搞得好，这种现象全消灭。
计划行军不掉队，说到做到定□现。
体力互助帮背枪，大家都是争着干。
一组有个掉队的，二组急忙把枪背上肩。
一组同志一看见，好像自己太丢脸。
快忙上前去争枪，自己背上才喜欢。
这种互助热情的好场面，感动了掉队“老祖先”。
眼睛偷偷一直看，心里暗暗自盘算：
人家背着两支枪，大家都是争着干。
我这空走常掉队，越想心里越不安。
也不知哪来的那股劲，两条腿走得分外欢。
伸手把枪夺过来，扛上跟上了自己的班。
掉队“老祖先”能转变，互助好处更明显。

八

整训互助第八好，学习情绪特别高。
上动课了出动操，各组组长督促得好。
课前课后收了操，各组又去出小操。
个别教练多灵巧，谁会哪套谁就教。
官教兵来兵教兵，人人学习个个教。
又学技术又认字，时事政治当然少不了。
学习积极就表扬，情绪不高的就检讨。
方法好像老一套，互助小组是新创造。
组织工作更细密，群众路线走得好。

一班能有三个组，班内就能把战挑。
短小精悍有组织，竞赛起来□灵巧。
又好发动又好总结，不怕有头没尾放空炮。
不但能有大竞赛，一门一门比低高。
投弹不好赛投弹，针对缺点来提高。
哪个心里不想好？谁对乌龟也不“感冒”！
一说竞赛劲来了，起早搭黑出小操。
投弹投得胳膊疼，组里提出新口号：
“能叫投弹臂发疼，不叫竞赛脸发烧。”
口号提得真巧妙，大家情绪更提高。
练得臂也不痛了，越投越觉有味道。
争取了第一呱呱叫，大家普遍进步了。

九

纪律互助第九好，互助督促很重要。
党的政策都说好，团结群众是件宝。
执行政策靠自觉，人又常有个想不到。
打进一个县城内，秋毫无犯应做到。
战前下决心定计划，计划上边定得好。
一旦打进县城内，看见东西眼红了。
看见一个手电灯，觉着自己很需要。
黑夜打仗去搜索，进到家里能照一照。
站岗放哨照目标，多么方便多么好。
心想把它拿上吧，“秋毫无犯”做不到。
再说忍心不拿吧，心里觉着怪痒搔。
我要不拿旁人拿，咱这傻瓜多糟糕。
反想正想拿上好，伸手拿上捺到腰。
班长一下看不到，“秋毫无犯”就犯了。

小组行动在一块，看见伸手开言道：
“战前咱组定计划，进城不拿一根毛。
我们为了救人[民]，纪律政策定做好。
你要拿个烂手电，计划成了放空炮。”
灯暗只用人一拨，一说他就不拿了。
战后召开评功会，都说你们入城纪律好。
空手进城空手出，“秋毫无犯”全做到。
为了保卫毛主席，不发洋财立功劳。

十

立功互助第十好，贯彻计划能做到。
人常有个冷热病，遇了困难迷了窍。
互助要是搞得好，这些缺点全报销。
张三忽然发冷病，李四热得像火烧。
李四遇困难低了头，张三脑袋又抬得高。
“同志同志莫低头，困难面前显英豪。
战前咱们定计划，保卫救星立功劳。
说到一定要做到，放了空炮人要笑。”
互助督促一鼓劲，冷的变热低变高。
再想办法继续干，决心计划变不了。
战斗中间变化多，困难能遇好几遭。
个人英雄不算好，互助才能立功劳。
这个道理要说清，说□故事就明了。
六月一号打汾城，孝村战斗打得好。
三连打进村里头，一个敌人街上跑。
原万明一下扑上去，夺着步枪叫他缴。
原万明是个小英雄，身体单薄个子小。
遇了这个顽固蛋，身如碌轴个又高。

顽固遇见英雄汉，若不缴枪命难饶。
可是常言讲得好，老鼠大了能咬猫。
顽固家伙不缴枪，你争我夺不开交。
正在紧要三关上，毋来会同志跑来了。
他看事情不大好，一枪把顽固就撂倒。
毋来会打死一敌人，原万明夺了枪一条。
这叫战场随时互助，互助起来立功劳。

★★★★★★

十大好处说完了，小的好处更不少。
总而言之一句话，互助起来好好好。
各种工作透过它，大家负责情绪高。
群众路线具体化，细密组织更周到。
今后更要发扬它，普遍互助立功劳。
反攻中间立大功，人民功臣美名标。

（新华社太岳分社稿）

（《人民日报》1947年8月21日）

灯　下　谣

李株

窗格格外面月亮一片银，
窗里静悄悄好像没有人，
一条麻绳儿一根针，
一盏油灯儿守到更深。

张家的丈夫李家的亲，
咱村的好子弟都在八路军，
子弟兵打仗为保翻身，
咱做军鞋不为别人。

直到那月移树梢更儿深，
直到那稔子点完油耗尽，
做成那毛毛底底牛鼻鼻，
千针万针，针针儿紧。

一只军鞋捎带一道信：
"穿上这鞋来记起人民心，
快马加鞭往前赶，
一股劲打走那顽固军！"

（《人民日报》1947年9月5日）

鬼　像　赞（调寄西江月）

《鬼像赞》四首，转载自六月二日上海《大公报》副刊《大公园》。第一首《阎王》，形容蒋介石法西斯独裁暴政；第二首《判官》，活画出蒋政府高级官员的一副嘴脸，连青年、民社两党参加蒋政府的一批多年想过官瘾者在内；第三首《牛头马面》，系指蒋家家将陈诚、胡宗南辈；第四首《小鬼》，则指蒋介石所豢养的一些特务喽啰们，到处狐假虎威，任意敲诈人民。此词透露了蒋管区一般人对蒋贼的愤恨和厌恶的感情，特转载以飨读者。

——编者

一、阎王

霸住阴曹鬼府，阎罗殿内称王，不嫌地狱暗无光，我自高高在上。剑树刀山油鼎，剥皮敲骨抽肠，百般刑罚当家常，任你如何反抗。

二、判官

学会之乎者也，专门附凤攀龙。舞文弄墨惯帮凶，博得阎王恩宠。一脸奴才蠢相，居然袍笏从容，狐假虎威逞英雄，真是鬼儿杂种。

三、牛头马面

手执钢叉铁棒，双双保定幽冥，堪称鬼国二干城，全靠一身蛮劲。本是衣冠禽兽，自称头角峥嵘，但怜眉目不成形，未免有伤端正。

四、小 鬼

长就这张鬼脸，无妨到处吓人，时时黑夜逐单身，石块乱抛一阵。只要半刀钱纸，肉鱼鸡蛋三□，包君灾退福临门，诸事一帆风顺。

（《人民日报》1947 年 9 月 5 日）

天　晴　了

——滦正获北营村街头诗

孟昭林

一

天晴了，
雨停了，
地主变成狗熊了。
天亮了，
变样了，
穷人起来算账了。

二

孩子孩子好好睡，
妈妈今天去开会；
开会干什么？
斗争大恶霸；
讲讲理，出出气，
要回咱那房子地；
翻翻身，抬抬头，
给你爹爹报报仇。

（《人民日报》1947年9月14日）

看看谁坐村“朝廷”

叶枫

我进城里去送信，
路过二区泗沟村，
只听锣鼓喧天响，
我思想：这又是，
大家翻身唱戏文，
要不然，一定是，
哥儿们光景好过了，
吹吹打打娶新人。

★★★★★★

进了大街往前行，
锣鼓声响步步近，
抬头一看吃一惊：
一位穿件破衫人，
圪茬胡子长半寸，
脸皮茄子一样青，
身上披条红绳绳，
好像是个犯罪人，
你看他，慢吞吞，
走一步，打下锣，
走两步，唉一声，
好似没有吃饱饭，
好似苦事痛在心……
打鼓的紧相跟，

咚咚隆隆可吃劲，
像位当差接官令，
直着脖子喊连声：
“他小名，叫丑丁，
斗争果实想多分……”

★★★★★★

大街两旁站满人，
一个个议论纷纷，
我奇怪，闹不清，
双脚不觉站不稳，
钻在里边听一听，
山羊胡伯伯说：
“丑丁是个最穷的穷人，
没房没地赤背身。”
红眼睛哥儿讲：
“分给丑丁三间房，
房顶窟窿露星星。”

★★★★★★

扛着枪杆小民兵，
拍拍胸膛说得清：
“要是我当跑腿的，
不擂鼓也不吭声，
说起来，真亏心，
天下穷汉一家人！”
秃脑瓜叔叔说：
“这事情，我摸得清，
评议员评了八天整，

人家可也费了心?!
今天，决定这意见，
明日，重改又换新，
有的说：斗争积极要多分，
有的说：干部辛苦应多分，
有的说：中贫赤农一样分，
七嘴八舌乱哼哼，
再开八天也闹不清，
村长一听气愤愤，
嘴巴张开下命令：
这事不用多讨论，
分给谁啥就要啥，
谁要吭声叫反省！
反省不好叫游行！
你看治了咱丑丁。”

★★★★★★

白头爷爷发了急，
气气呼呼吼连声：
“村长耳朵不管用，
不听咱赤贫的反映，
村长没有长眼睛，
不看咱赤贫是啥光景。”

★★★★★★

这时候，有一位，
穿身细布中年人，
摇摇脑袋说分明：
“各人心中要自问，

村长给咱办事情……”
不等他，往下讲，
大家轰轰说一阵：
“村长给你办事情！”
“你是中农心高兴！”
“斗争果实分不分?!”
“咱们受饥挨雨淋！”
抓住圪节我说啦：(注)
“赤贫户比咱受苦大，
果实要先尽他们分。”
大家齐说：“这公平！”
我说：“中贫赤农是一家，
骑马坐轿没有咱，
大家都要翻透身，
翻身来过好光景。”

★★★★★★

大家听了都高兴，
我忙撒腿去送信。
我走出了泗沟村，
心中转着这事情，
决定进城送个信，
讲给县上领导听，
看看谁坐村“朝廷”?

(注)“圪节”即问题关键，豫北人民土话。

(《人民日报》1947年9月22日)

范亭同志遗作二首

续范亭同志逝世前，虽已病危，但他的爱国卫民的战斗意志，仍坚定不移，犹持笔作诗，斥骂蒋匪。这是他遗作中的两首：

一、吟土改

必须到处无地主，人民才能有民主；
革命对象须认清，封建基础是地主。

二、斥蒋贼

人民审判蒋中正，项上忽生千万头；
好教每人杀一个，淋漓痛快报公仇。

范亭同志病中关心政治，未曾一刻忘怀。他常感慨地说："革命半生，到了中共这边才找到一条光明之路。"而对于个人问题及家属，则从不顾虑与计较，有一次昏过去醒来时他说："家属问题我放心得下，只是没有看着蒋介石被人民审判。"

（《人民日报》1947年10月5日）

口　　号

打到南京去，活捉蒋介石！

打倒蒋介石，建立新中国！

（《人民日报》1947年10月10日）

全面开始大反攻

沈冠英　王力民 合编

这个快板坠子，是冀鲁豫民间艺人沈冠英和王力民同志合作的，可说，可唱，发表这里供农村文化工作者及农村剧团采用，以展开大反攻的宣传工作。

——编者

现在开始大反攻
要把蒋匪消灭清
为的反攻早胜利
加紧工作莫放松
四句引诗道罢，听我把全面反攻的坠子唱上一回吧！

内战炮火响得凶
我把蒋贼对你明
仗着美国的洋爸爸
想在中国坐朝廷
把中国变成美国殖民地
中国人民不赞成
你看老蒋多么坏
照着人民来进攻
发动全国大内战
打了一年还有零
他打一仗来败一仗
仗仗打得都不中
以前士兵还能打

现在变成大狗熊
我说这话你不信
目前时局对你明
回文单表那一个
咱再说常胜将军刘伯承
刘邓大军往南进
要把蒋匪消灭清
走一处来得一处
过去蒋匪一扫平
鲁西南连续大胜利
蒋介石九个半旅消灭清
得了一些好武器
活捉军官三千五百名
这个胜利真伟大
军民个个齐欢迎
我军越打劲越大
一个个摩拳擦掌争立功
他把队伍整理好
大军一直往南征
自从八月初七日
紧急行军不放松
大军越过陇海道
千军万马多威风
兵又强来马又壮
浩浩荡荡往南征
过去大河整六道

大别山区安下营
连克县城三十座
威震武汉和南京
蒋军闻声吓破胆
没解裤子出了恭
有的说不如赶快跑了好
有的说不如携枪去投诚
有的说咱们上了蒋贼的当
有的说蒋二小把咱坑得可不轻
汉口附近两团起了义
脱离黑暗投光明
咱记下蒋军且不表
咱再说中原地区老百姓
蒋贼脚下受苦难
苛捐杂税可不轻
又出粮来又派款
又出伕来又抓兵
贪官污吏喝民血
乡保甲长把人坑
这些孬种还不算
还有地主恶霸乱胡行
好老百姓没法过
如处地狱十八层
一听说来了解放军
一个个欢天喜地来相迎
这个说老百姓从此有了救

那个说共产党搭救咱们出火坑
人人说从此以后得解放
家家户户从此得太平
且不说蒋管区人民齐欢喜
咱再把陕甘宁边区明一明
彭副司令总指挥
还有将军名贺龙
习仲勋来王士泰
诸位将军有大名
率领着西北人民解放军
百战百胜立战功
米脂以北打一仗
胡宗南三十六师消灭清
自从那时得了手
现已转入大反攻
先后收复县城十几座
延安北打垮胡匪四旅整
八月二十单三日
陈赓率队也出征
孔从周来谢富治
还有那秦基伟韩钧众将领
这支大军队真善战
夏季里解放晋西有大名
陕县以东把河过
洛阳以西安下营
走马克复新安县

又克渑池宜阳城
克了伊阳和嵩县
再克卢氏和洛宁
灵宝阌乡陕县全拿下
歼敌二万五千还有零
东至洛阳西至潼关
五百里铁路全在咱手中
山东有个陈将军
粟副司令有威名
他俩率领华东解放军
进入咱鲁西来反攻
九月七号那一天
大军到了菏泽东
沙土集包围敌一部
机枪大炮打得凶
大炮不住咚咚响
机枪响得如刮风
血战一天并一夜
打得那蒋军个个胆战惊
若问胜利有多大
整个五十七师消灭清
活捉师长段霖茂
还有大小军官数百名
毙伤二千俘八千
一共一万还有零
机枪大炮得的无其数

弹药堆山数不清
这四路大军胜利表不尽
再说说冀东热河子弟兵
他们反攻早开始
各路出动不稍停
锦州以西打一仗
蒋军一师送了终
还有那晋察冀的解放军
平汉北段去进攻
收复雄县松林店
北平保定路不通
东起海边苏北区
西到西北陕甘宁
南至长江与汉水
北到口外老关东
东西南北齐动手
这就是全国性的大反攻
蒋介石共有二百四十八个旅
已被咱消灭一百二十整
他大部兵力用前线
后方空虚没啥兵
只剩下二十一个旅
还得分散来使用
新疆甘肃八个旅
七个旅分守四川西康省
云南台湾各有两个旅

还有两旅在广东
湖北安徽兵很少
更可怜江南六省没有正规兵
贼老蒋并没有第二线
你看这事怎摆弄
这下子弄得兵荒马又乱
顾了西来顾不了东
老蒋这会傻了脸
愁得他坐不安来睡不宁
他的死亡早注定
就是那美国帮他也不中
上次来了个魏德迈
他给老蒋把劲撑
坐着飞机瞎胡跑
调查中国的事情
中国人民齐反对
都骂他美国孬杂种
他只说老蒋还有用
谁知真的是个大狗熊
美国纵然再帮他
想救活干儿子狗万不能
说罢他来再说咱
各位同志听我明
别说胜利来到就骄傲
还有困难在当中
打老蒋不是三天两天事

须经过艰苦奋斗才能行
什么困难都不用怕
努力克服定能成
为的反攻早胜利
加紧工作不放松
前方战士多打仗
不怕流血和牺牲
后方赶快组织好
一切任务要完成
组织大车担架队
送给养来运伤兵
民兵加紧把岗站
严防特务来逞凶
抽出空子来生产
收秋种麦莫稍停
妇女组织缝纫队
军队到来把衣缝
准备下反攻鞋来反攻面
样样工作都完成
后方机关并学校
也要积极来活动
扩大宣传和教育
时时刻刻莫放松
努力节约不浪费
省下东西为反攻
要为人民来服务

个人利益一旁扔
全心全意为群众
落一个人民功臣最光荣
齐心合力加油干
胜利才会有保证
只有打倒贼老蒋
咱们才能享太平
解放大旗插遍全中国
联合政府一定组织成
这就是大反攻开始一小段
歇歇喘喘您再往下听

（《人民日报》1947年10月10日）

我到穷人家吃饭

叶枫

一

我进村公所去派饭，
一见村长我说啦：
“咱跟地主不一家，
你要挑个穷人家，
一天轮流派一家。”
村长一听笑哈哈，
他说：“同志，同志呀，
你是真正八路军，
跟咱穷人是一家。”

二

我进二旦家，
房檐比我高一拃，
大小五口搭着窝。
二旦叫我快坐吧！
饭碗端到眼皮下，
他嘻嘻笑着看我喝，
我一看，情况不对啦，
急忙说：“快吃呀！
一家人，客气啥？”
他光笑，像是□懂下，

我说："你不吃，
咱也不喝啦！"
他笑得胡须飞开啦，
端起饭连口下，
我看他，脑壳上皱纹纹，
好比地龙一条一条爬，（注一）
我看他，受了一辈苦，
小心小胆不好说个话，
我问啦："翻好身吗？"
他说："翻好啦！"
我指着一间小家家，
我说："一个大柜放不下！"
他说："同志不能这么说法，
我分了一亩眼睛地啦！"（注二）
我说："地主们住的啥？"
他说："住的高楼大厦！"
我说："一亩地够吃喝？"
他马上把碗来放下，
他说："同志，还得翻身呀！"

我进第二家去吃饭，
抬头一看：楼房高又大，
进门一瞧：是个空圪拉，（注三）
三条腿桌子靠墙放，
破竹床上：窟窿被子臭虫爬，
小板凳上我坐下，

不见一位女人家，
端起饭碗我问啦，
才知道：他叫张小娃，
今年三十八，
打了一辈光棍啦，
我问："翻透身吗?"
他说："翻透啦!
八路军没来我没家，
风打雨淋逃他乡，
没有一张盖身瓦，
如今，有房有地啦!"
我说："你没老婆呀，
不能将根来扎下!"
这一说，他急啦，
又拍胸来又蹬脚，
肚内苦瓜开了花，
声声来把地主骂，
我说："对！还得干呀!
房里家具短得多!"
他气呼呼说："我要提意见，
将地主斗个稀哩哗!"

我到第三家去吃啦，
他叫个闪旦华，
掌鞋整整三十年，
一文大钱没积下。

你看他：嘻嘻嘻，哈哈哈，
络腮胡飞得停不下，
他说啦："八路军真好呀，
以前吧，麻丝拴豆腐不提他，
同志你瞧吧：
房、柜、桌、椅、铁钉耙……
都是公家分给咱。
我孩孩也长大，
我还要了个小箱箱，
他也能担上去掌鞋，
也能将钱来挣下。"
我端着一碗饸巴糊糊说开啦：
"吃喝可还不中呀！"
他说："光景可不怕，（注四）
往日掌一天鞋吃一天，
天一下雨肚子搁起啦，
如今，慢慢亏对吧！"
我问："地主家狗吃啥？"
他一听，双脚蹦起高尺把，
饭碗差点摔地下，
他说："我要到农会去报告，
地主家还吃白馍呀！"

三

三天派了三个家，
我把问题发现啦，

赶快召集穷人开大会，
大家都把光景拉！
“短房，缺地，没犁耙……”
再去参观地主家，
看到人家吃穿啥?!
冲天大火烧开啦。

一九四七年九月二日于博爱大辛庄工作中

（注一）“地龙”即蚯蚓。

（注二）“眼睛地”是好地。

（注三）“空圪拉”意思是啥也没有。

（注四）“不怕”是好的意思，“怕”就是不好。以上都是豫北土话。

（《人民日报》1947年10月14日）

没　头　谣（黄安民谣）

燎荧 辑

“没头谣”又名“木头谣”。所谓没头，有信口编来没头没尾之意。抗日时期的鄂豫皖民谣，经常有痛骂国民党反共军的，例如：“反共游击队，吃了饭就睡，日本来了往后退，头也不敢回。”下面这首“没头谣”，也是讲的这样的一个反动县长，人民在实际体验中把问题看得多么深刻，讲得多么清楚，仇恨又多么大。人民是最好的证人，又是债主，现在我军已经回到了黄安，正是总清算一切新旧血债的时候。所以，这首民谣，看来还是新鲜的，而且有新的意义。

一

蒋荣平，在黄安，
七里坪，做县官。（注一）
手下一层一，（注二）
天高三尺三。
杀人又放火，
刮得地皮穿。
百姓该死，
老爷加官。
百十条性命，
值不上他吃一餐。

提起来，难得说……

几十个湾子，（注三）
陡然变成清一色：
一把火点去，
烧得么啰都没得。（注四）
什么是“匪区”？
毕竟同中国；
什么是“匪区”？
除非天晓得！
呈报剿了“匪”，
里面光是鬼，
绑得法场去，
民命不如水！
——反共反人民，
哪里讲原委！

二

一群生意人
路过七里坪，
当头碰到打劫，
想进衙门诉冤情。
县官把话论：
“小辈且听真，
一定是‘奸匪’
叫你来探信，
败坏俺官家名誉了不成！
哪是你的贼来，

哪是你的证？

如果还不座位出，（注五）

就要你命归阴！

滚吧，滚吧，

莫待老子发牛性！”

可怜小百姓，

干巴和硬蹲，（注六）

面前站的“黑杆子”，

便是个“贼”“证”！（注七）

若是说出来，

要命不要命！

抱着头鼠窜，

一路苦相劝：

“背了时散摊，

遇着‘七月半’”？（注八）

三

县官出巡二程乡，

那方百姓便遭殃，

手令下给乡队长：

“扬威就要做‘三光’。”（注九）

行辕住在乡公所，

整天盘问“为什么？”

“上官是‘匪区’，

么样不点一把火？

带些队子去，（注十）

包管千万妥。”
队长胡承义，
实在有狠气；
乡长吴国义，
毕竟有权力。
两“义”带队走，
一路做“成绩”，
百姓不知何事起，
箱子柜子翻到底，
值钱的东西，
飞上腰包里。

浩浩荡荡，
颈高头仰，
耀武扬威，
哪个敢望？
到了上店，
摆下火线，
承平局面，
突然转变。
乡队长放哨，
百姓该倒灶！（注十一）
怕烧不干净，
派些老总照。
茅屋一小伢，（注十二）
烧做蛤蟆叫，

大人被捉了，
再没有人捞，
化骨又扬灰，
变做两头翘。
墙倒壁又塌，
老总们好笑！
“三处点着火，
你看奥不奥？”
唉！
国民政府放的官，
那个顾命的敢告？！

捉了老百姓，
带上七里坪，
开了法堂审：
“‘奸匪’活不成！”
暗地又传信：
“送钱不要紧。”
要托人去说，
先拿钱来塞，
纵卖婆娘伢，
谁敢说“没得”！
事情下了地，
把钱没得罪。（注十三）
多的十万几，
回去赶粜下锅米。

可怜穷光蛋，
该你拿命抵。
怨只怨爹娘，
不该贫如洗。

（注一）当时蒋荣平只占了七里坪一隅之地，黄安绝大部分都是解放区。这几句话，有讽刺之意。

（注二）他手下只是乡长，所以叫作手下一层一。

（注三）湾子，就是村庄。

（注四）么啰，什么的意思。

（注五）座位出，即拿出。

（注六）意约干巴巴地在那里硬蹲着，形容无奈。

（注七）打劫实际是县官组织的，所以有这段说法。

（注八）背时即运气不好，散摊即散伙，七月半俗称鬼过年，意即撞了鬼了。

（注九）三光，即抢光、杀光、烧光。

（注十）上官，地名，是解放区；么样即怎样；队子就是队伍。

（注十一）倒灶，即倒霉的意思。

（注十二）小伢，即小孩子。

（注十三）把钱，即给钱。

（《人民日报》1947年10月23日）

陕南民谣

薛云 记

这首民谣是薛云同志随王震将军部队路过陕南时采辑的，据他来信说：这首民谣，在陕南是人人皆知的。现发表在这里供读者作为了解陕南民情之参考。

——编者

前头走的是共产党，
后面（指蒋军）跟来了一扫光，
红军来时开大会，
“国军”到了翻箱柜，
他说他是为民除害，
人人心知不敢说出来，
谁个要讲出了良心话，
谁人的脑壳就搬家。

（《人民日报》1947年11月2日）

贫农的儿子

邢崇智

我生长在一个贫农的家里。
缺少房屋，更没有土地。
父亲和两个哥哥到地主们家里去，
住长工、住月工、打短工，
为着给地主上利。

腊月来到了，
要账的狗腿们也来到我们家里，
父亲偷偷跑在外面躲避；
在收获的秋天，
地主们骑上用着群众血汗喂胖的骡子，
拿着他们的加三斗要来搜刮租子；
全家大小围在圈边央告他看看面子，
他说谷里秕子多，都还要经过簸箕。

这样一天天过去，
欠下地主数不清的租子和利钱，
最后父亲还得卖掉仅有的三间房子，
全家大小在他面前阻拦着，
但他有什么法子？
写文书时他问我一个“墙”字，
我就给他乱画一气，

在我那小孩的心里想着，
这样就是卖了也不算凭据，
但又能顶什么事？

事变前一年，
父亲为了躲账跑到了山西。
两个哥哥每天去锄快荒了的租地，
我去家里做饭，烧开了锅里的水，
一看米缸露着底子，
想到这样的艰难的日子，
啥时候才能过去？
这日子终于来到了，那是三七年，
八路军来到这里，
我们抽回了文书，要回了土地，
土地改革又分给我们九亩一分地，
还有三间好房子；
穷人自己站了起来，
我和穷人在一起，
我从小受了共产党的抚育，
党是爹娘，我是党的儿子。

（《人民日报》1947 年 11 月 15 日）

一个小收条

【本报晋南前线二日电】晋南前线野战军，听到西北战场的兄弟部队收复民主圣地延安以后，全体指战员欢喜得蹦蹦跳跳。因为部队都是在战壕里，同敌人进行着紧张的战斗，一时来不及召开大规模的祝捷大会，各战壕的战士同志们，首先就纷纷自动地在战斗中编快板，出黑板报，以庆祝延安的收复。二〇六部队，八连七班（张庚午班）编的一个快板，传遍了各个战壕，这个快板的题目，叫作《一个小收条》，原文如下：

蒋介石，美国造，靠你干爹撑后腰，
凭上杜鲁门，卖国内战罪不小。
黄鼠狼想吃天鹅肉，妄想把解放区消灭掉，
结果送枪又送炮，运输队给当得牢。
去年三月你把延安占，今年四月你就滚了蛋。
这是一个大转变，有账应该算一算。
光说我们第七班，一年打了五次战，
收到你多少枪和炮，给你打个小收条；
今收到，今收到，一门小小六〇炮，
轻重机枪两挺半，步枪四十又两条，
还有两支冲锋枪，大部都是美国造；
电话机子有两部，崭新耐用很轻巧；
俘虏你的士兵九十五，可有几个年纪小。
因为和你常交往，算个小账是必要；
给你打个小收条，你好给你干爹作报销。

（《人民日报》1948年5月5日）

王九诉苦

张志民

孙老财

进了村子不用问，
大小石头都姓孙。
孙老财一手把天地盖，
穷小子死了没处埋。
孙老财瓦房前院连后院，
穷小子光着屁股串房檐。
孙老财的陈米生了虫，
穷小子菜锅粥里照人影。
孙老财街里一跺脚，
吓得穷小子不知怎么好。
孙老财算盘啪啪打，
算光了一家又一家。

王九的账

八月里来秋风凉，
高粱谷子齐上场。
老财打发看家狗，
带着口袋收租粮。
打开账本看一看，
“王九欠租整七石”。
我双手捧起那没梁儿的斗，

眼泪滚滚顺斗流。
量了一石又一石，
哪一粒谷子不是血和汗？
交光了还欠两石三，
辛苦一年穷一年。
我王九心像钝刀儿割，
饭到嘴边把碗夺。

★★★★★★

民国十年闹灾荒，
我向老财去借糠；
饱汉子不知饿汉子饥，
财主眼里哪有穷人的？
“我可怜你谁可怜我，
我没办法找哪个？”
“大爷你积德多行好。
你的恩我死也忘不了。”
“借给你粗糠一斗五，
细糠我还要丢着去喂猪。”
人穷志短莫奈何，
我王九不如孙老财的猪。

★★★★★★

欠下租子还不清，
我给老财当长工，
长工要比牲灵苦，
挨打受骂泪涟涟。
四更打水天不明，

老财被窝里骂几声：
“什么时候你还不起，
睡死在炕上不动秤！”
太阳没出下地去，
回来顶着满天星。
下地回来还挑水，
累得腰酸骨头疼。
老财一天三顿饭，
喝酒炒菜吃白面。
长工三顿稀汤汤，
树叶饽饽掺上糠，
划根洋火点着了，
长工的生活苦难当。

★★★★★★

五风六月青黄不接，
俺葱葱在地里勒榆叶，
见俺葱葱长得好，
孙老财心里生了鬼道。
满天星斗打了二更，
孙老财带人来抢葱葱，
立逼着俺葱葱拜花堂，
俺葱葱连哭带骂泪汪汪：
“老畜生你不是人养的！
你为啥不要你亲姑娘？”
他狗脸子一变气冲天，
顺手提起了马鞭鞭：

"今个你愿意不愿意，
你的命就在我手心里！"
马鞭子抬起不留情，
葱葱叫骂哭不成声。
鸡儿刚叫天没亮，
俺葱葱吊死在杏树上。

★★★★★★

葱葱死在孙家手，
这一笔血债几时勾？
老爹一气得了伤寒，
病势一天重一天。
十来天水米不下口，
想吃个酸梨又没钱，
我悄悄到树下摘个梨，
碰见老财狗日的。
又一场大祸从天降，
他跳脚骂到家门上：
"你顶着我家天，踩着我家地，
你吃的我的饭，还偷我的梨！"
一手把老爹拉在地：
"穷小子给我滚出去！"
老爹一摔丧了命，
我全家哭成一个声。
新仇旧恨似海深，
我王九告到了县衙门。

★★★★★★

衙门口儿朝南开，
有理没钱别进来；
孙老财送去五两大烟土，
老爷一见喜颜开。
青红皂白先不问，
鸭子浮水把我吊起来。
“你生来就是受穷的命，
为非作歹不正经。
孙老财对你一百一，
穷骨头你别不识抬举！”
俺王九冤仇何日报？
穷人的活路没一条。
有钱人买得鬼推磨，
穷汉子有理没处说。

★★★★★★

西北风紧吹滴水成冰，
我全家被赶去逃生。
十冬腊月逼人死，
跪在土地庙求神灵。
“土地爷爷你可怜见，
借你的住处我家过个冬。”
窗棂儿刮断雪推门，
深更半夜冻死人，
孩子冻得像个光翅鸟，
“爹呀娘呀”哭得好心伤。
刀尖剜心肠子碎，
咱穷人呀！就永世得受罪？

控　诉

苦难的日子多少年，
阴天也会变晴天，
大杨叶儿哗哗响，
杨树底下大会场，
孙老财一条麻绳拴，
打籽的茄子落架的烟，
王九的心里像开了锅，
几十年的苦水流成河。
“你逼死我父命一条，
你逼着我葱葱上了吊！
你仗势打了俺家门，
你逼我十冬腊月往出跑！”
王九的苦水吐不完，
说到苦处泪涟涟：
“孙老财你杀人要偿命，
孙老财你剥削要清算！
受了你多少年窝囊气，
我今天就要把身翻！”
王九的话没说完，
农民的口号响震了天，
“多少年的冤仇多少年的债，
今天要一总交出来。
斗倒地主和封建。
咱们穷人来翻身！”

一九四七年八月

（《人民日报》1948 年 5 月 15 日）